Der Autor:

Uwe Harm, Jahrgang 1952, lebt im Herzen Schleswig-Holsteins und ist als Diplom-Rechtspfleger bekannter Autor in der juristischen Fachliteratur, insbesondere zum Betreuungs- und Erbrecht. Seit zwei Jahren befindet er sich im Ruhestand und widmet sich nun spannenden Kriminalgeschichten. Dieser dritte Roman hat einen wahren Kern, deren Figuren und Handlungen natürlich phantasievoll verändert wurden. Kurzweilig, amüsant und spannend zugleich sind die Markenzeichen seiner Krimis.

Mit einem Tanz begann das Unglück

Ein Fall für den Privatdetektiv Tobias Alff

Kriminalroman

Uwe Harm

Bibliografische Information der Deutschen Nationalbibliothek: Die Deutsche Nationalbibliothek verzeichnet diese Publikation in der Deutschen Nationalbibliografie; detaillierte bibliografische Daten sind im Internet über dnb.dnb.de abrufbar.

Herstellung und Verlag: BoD – Books on Demand, Norderstedt

ISBN 978-3-7504-9631-6

Karin war bei ihrer Mutter zu Besuch und ließ sich die zweite Tasse Kaffee einschenken. Ihre Mutter war etwas deprimiert. Sie hatte sich vor wenigen Tagen von ihrem letzten Lebensgefährten getrennt. Mit dem erfolglosen Kunstmaler war sie kein ganzes Jahr zusammen. Sie hatte viel von ihren Ersparnissen zur Unterhaltung der kleinen Künstlerwerkstatt im Karolinenviertel in Hamburg gegeben. Alles war vergeblich. Die Erkenntnis kam zu spät. Er hatte sie nur ausgenutzt. Jetzt war sie empört und erzählte ihrer Tochter so manche eigenartige Begebenheit und Enttäuschung. Karin mochte das alles eigentlich nicht hören, aber in dieser Situation wollte sie ihrer Mutter beistehen. Also hörte sie kommentarlos zu. Doch das Thema änderte sich bald, nachdem zum Sekt noch zwei Kirsch-Liköre verkostet wurden. Dann kam ein altes Thema auf den Tisch: Karins Beziehung zu dem

Privatdetektiv Tobias Alff, den ihre Mutter für einen Versager hielt.

„Du bist Mitte 30! Da muss eine Frau über ihre Zukunft nachdenken!" ermahnte sie ihre Tochter wie so oft schon zuvor. „Dieser Detektiv liegt dir doch nur auf der Tasche. Und dauernd musst du ihn auch finanziell unterstützen. Wie lange soll das weitergehen?" –

„Ja, ja, das höre ich mir schon lange an. Ich bin keine Frau zum Heiraten und Kinderkriegen. Mit Tobias bin ich glücklich." –

„Ich hatte dir auch schon zwei oder dreimal erzählt, dass hier ein Stock höher ein so netter junger Rechtsanwalt ganz allein lebt. Der würde dir eine Zukunft geben! Da wärest du versorgt und könntest ohne Sorgen eine Familie gründen. Schau ihn dir doch wenigstens einmal an!"

Die Mutter schüttelte dabei mehrmals mit dem Kopf.

Karin war trotz dieser immer wiederkehrenden leidigen Diskussion sehr entspannt und nach einem weiteren Glas von dem leckeren Kirsch-Likör dachte sie bei sich, dass sie diesen Knaben doch mal ansehen sollte. Sie lachte innerlich dabei und ihr kamen schon die ersten Ideen für einen Spaß dabei.

„Was ist das denn für ein Mann, außer dass er Rechtsanwalt ist?" fragte sie nun ihre Mutter.

„Der mag etwas jünger sein, so 30 schätze ich. Aber so nett und immer ausgesucht höflich und eine gepflegte Erscheinung. Gut gekleidet. Vor drei Tagen war er bei mir zum Kaffee. Dabei fielen mir seine Hände auf. Er hat so schöne schlanke Hände wie ein Gynäkologe." –

„Wie ein Gynäkologe?" Karin schüttelte lachend den Kopf. –

„Ja, jedenfalls wie bei meinem!" –

„Und neulich hatte ich seine Mutter kennengelernt. Das ist eine so nette Frau. Sie versorgt ihren Sohn regelmäßig, macht ihm die Wäsche und kümmert sich rührend um ihn."

Karin musste schon wieder lachen. Das hörte sich nach einem klassischen Muttersöhnchen an. Den Spaß, ihn kennenzulernen, wollte sie sich jetzt unbedingt gönnen.

„Ja, dann lade ihn ein und sage Bescheid. Ich komme dann dazu."

Karin wollte jetzt nach Hause. Sie sah auf die Uhr und wusste, dass Tobias wohl schon in ihrer Wohnung wartete. Es gab auch noch einen aktuellen Fall zu besprechen. Sie lehnte einen weiteren Likör ab und verabschiedete sich von ihrer Mutter.

Tobias Allf war schon aus seinem Büro in die gemeinsame Wohnung gekommen und hatte Rotwein mitgebracht. Zwei Flaschen trockenen spanischen Rioja. Karin hatte vom Vortag noch Kartoffelsalat und Buletten übrig. Als er den Tisch deckte, kam Karin gerade herein. Sie begrüßten sich zärtlich. Karin erzählte beim Essen vom Gespräch mit ihrer Mutter. Tobias amüsierte sich immer darüber. Karins Mutter war in seinen Augen einfach zu anstrengend. Als sie den Tisch abräumte und beide sich gemütlich in die schönen Cocktailsessel setzten, fing Tobias an, die neueste Entwicklung ihres aktuellen Falls zu berichten.

„Diese Frau hat jetzt einen Anwalt beauftragt, der alle Fotos einfordert und die Löschung verlangt. Es ist auch eine Abmahnung und wir sollen seine Gebühren bezahlen." –

„Das soll dann aber unser Auftraggeber erstatten. Das sind ja Kosten unserer Arbeit."

Karin nahm das Anwaltsschreiben, das Tobias ihr reichte, entgegen und las selbst. Sie hatte die Fotos gemacht und die Frau mehrere Wochen beobachtet. Ja, die traf sich mit einem Mann, einem bekannten Makler, in eindeutigen Situationen. Mehrmals hatte Karin sie beim gemeinsamen Essen in einem Restaurant beobachtet. Dabei zeigten sie eine deutliche Vertrautheit und Zärtlichkeit. Mehr gaben die Fotos nicht her. Aber klar, ohne Zustimmung darf niemand einfach Fotos machen. Der Auftraggeber bat noch um ein Treffen. Er will den Auftrag erweitern. Beide waren gespannt, was jetzt noch zu ermitteln wäre.

*

Am nächsten Tag saß Tobias Alff um die Mittagszeit allein in seinem Büro. Es gab nur diesen einen Auftrag, der aber eigentlich erledigt war. Alff schaute sich die Notizen und die Fotos noch einmal an. Dann verabredete sich Tobias Alff telefonisch mit dem Auftraggeber. Sie sollten am Abend zu ihm kommen. Sein Mandant war Landwirt mit einem großen Pferdehof in dem Dorf Heist, zwischen Pinneberg und Uetersen. Er war erst seit 4 Monaten mit dieser Frau zusammen und bekam immer mehr das Gefühl, dass er betrogen werden sollte. Tobias Alff lieferte dann die Fotos. Der Landwirt warf daraufhin sofort diese Frau raus.

Karin kam um 16 Uhr aus ihrem Fitness-Club und fuhr direkt ins Büro des Detektivs. Das Büro lag seit vielen Jahren in der Dorotheenstraße in Hamburg. Es bestand nur aus zwei Räumen. Ein Büroraum mit sehr alten Möbeln, ein kleines zweites Zimmer, das beide als Schlafzimmer nutzten, wenn es mal spät wurde und ein kleines Bad. Im Flur zum

Hinterausgang stand noch eine kleine Pantry-Küche. Karin zog ihre Sportkleidung aus, ein gelbes Tshirt mit Aufdruck *„Frauen-Power Hamburg"* und ein schwarzer Minishorts. Dann eilte sie unter die Dusche. Das kleine Bad im Büro war allerdings seit Jahren modernisierungsbedürftig. Alte Objekte mit verkalktem Duschkopf und gelbe Fliesen bis unter die Decke zeugten von den 60er-Jahren. Das WC hatte noch einen Wasserbehälter ganz oben mit einer Kette zum Auslösen. Nach dem Duschen zog sie eine Jeans und ein schwarzes Oberteil an und beide fuhren los, um in Heist den Auftraggeber zu treffen. Die Fahrt dauerte durch den aufkommenden Berufsverkehr fast eine Stunde.

Der Pferdehof in Heist bestand bis auf das traditionelle Bauern-Wohnhaus aus moderneren Hallen und Scheunen sowie einem großen Pferdestall. Auf dem Hof standen mehrere Pkw mit Pferdeanhängern. Anton Brüggen kam schon zur Tür. Er hatte sie schon erwartet. Der Mann war Mitte 50, groß und hager in typischer Reiter-Kleidung: Dunkle Reiterhose, ein kariertes Flanellhemd und eine grüne Jacke mit einigen Öl- und Erdflecken. Er hatte volles, aber sehr kurzes Haar. Vor dem Bauernhaus standen sein grüner Lada und ein älterer Mercedes auch in dunkelgrüner Farbe. Er bat beide ins Haus. In der großen Wohnküche bot er Platz auf einer Eckbank an. Alles war aus groben Holz, aber durchaus stilvoll und passend. Anton Brüggen hatte schon Bier und Wasser hingestellt.

„Zuerst Herr Brüggen", begann Karin, „sind noch weitere Kosten entstanden. Wir wurden von dem Anwalt ihrer Frau abgemahnt und er verlangt alle Fotos heraus." –

„Kein Problem. Zahle ich ihnen. Die Fotos habe ich gesehen. Die können Sie auch gern herausgeben." Anton Brüggen äußerte sich immer kurz und knapp.

„Und nun soll es weitergehen?" fragte Tobias.

„Ja, ich bin überzeugt, dass das alles eingefädelt wurde. Da steckt vielleicht dieser Mann auf den Fotos dahinter. Sie drängte mich, ein Testament zu errichten und argumentierte immer damit, dass sie vor der Eheschließung abgesichert sein will. Immerhin waren wir schon verlobt. Wir sollten uns gegenseitig zu Alleinerben einsetzen. Sie interessierte sich zu auffällig für die Katasterkarten und Werte des Hofes. Und sie wollte angeblich bald mit mir die Ehe eingehen. Im Bett spielte sie mir was vor. Mir wurde immer deutlicher, dass sie es nur auf mein Geld abgesehen hatte. So war jedenfalls mein Eindruck." –

„Wie haben sie sich denn kennengelernt?" fragte Karin.

„Ein Gasthof in Neuenfelde organisiert schon lange Tanzveranstaltungen mit dem Motto Bauer sucht Frau. Der Gastwirt rief mich sogar einige Male an, um mich einzuladen. Flyer von ihm hatte ich vorher im Briefkasten. Und da bin ich dann hin und habe diese Frau kennengelernt. Die warf sich geradezu an mich. Das war ganz große Liebe, jedenfalls zuerst." -

„Wie kam er denn überhaupt auf Sie? Der muss doch gewusst haben, dass Sie eine Frau suchen." Karin war das alles nicht so klar.

Anton Brüggen atmete tief durch, schüttelte den Kopf und öffnete eine Bierflasche.

„Ich glaube, dass dieser Versicherungsheini, der hier in der ganzen Gegend die Höfe versichert und im Grunde auch einen guten Service nach Abschluss leistet, dem Gastwirt das gesteckt hat. Der Versicherungsmakler hat zu Recht darauf hingewiesen, dass man sich rechtzeitig um eine Nachfolge bemühen muss. Deshalb gab es ein Gespräch in diese Richtung."

Tobias nickte. Natürlich war das ein Thema für Versicherungen und Banken. Die Kreditvergabe wird ab 50 schon schwieriger.

„Herr Brüggen, Heiratsschwindler, die es nur auf das Geld und Vermögen abgesehen haben, gab es schon immer und zwar beiderlei Geschlechts. Uns scheint das hier so zu sein. Diese Frau wollte Geld abzweigen. Und ein Doppelleben finden wir jedenfalls bei unserer Arbeit immer wieder vor."

Anton Brüggen machte nun seinen Verdacht deutlich:

„Mich verstörte das Drängen zu einem Testament. Sie wollte ja als Alleinerbin eingesetzt werden. Warum eigentlich? Das macht doch bei einem Doppelleben nur Sinn, wenn ich bald sterbe und sie bald in den Genuss der Erbschaft kommt. Hatte sie vielleicht Mordabsichten?" –

„Trauen Sie ihr das zu?" fragte Karin.

„Ja, allerdings. Im Laufe der Zeit zeigte sie eine gewisse Gefühllosigkeit. Sie war schnell dabei, mir vorzuschlagen, bestimmte Leute fristlos zu entlassen, allein, weil sie Streit mit denen hatte. Einen unserer Kunden mit zwei untergestellten Pferden hatte sie sogar einmal mit einem Messer bedroht. Der hatte sie zwar im Streit angegriffen und sie an eine Wand im Stall gedrückt. Aber sie war so außer sich, dass sie damit drohte, ihn abzustechen, wenn der sich noch einmal nähern sollte. Ich hatte Mühe, die Wogen zu glätten.“

Tobias sah seine Partnerin an. Beide überlegten eine Weile stumm. Ja, der Gedanke war nicht ganz von der Hand zu weisen. Aber es blieb eben nur ein Verdacht oder noch weniger: Ein Misstrauen.

„Wir können das Umfeld ja nochmal näher beleuchten. Wir werden uns dann in zwei Wochen bei ihnen melden.“

Tobias und Karin standen vom Küchentisch auf, verabschiedeten sich und fuhren zurück in Richtung Hamburg. Auf der Fahrt besprachen sie den Fall noch einmal, fanden aber keinen Punkt, von dem sie für weitere Ermittlungen ausgehen könnten. Das war eben ein typischer Fall. Sie hatten das schon viele Male erlebt. Als Privatdetektiv waren das die häufigsten Aufträge. Noch bevor sie die A 7 erreichten beschlossen sie kurzerhand, zuerst diesen Gasthof in Neuenfelde zu besuchen. Ein kleiner Abstecher Richtung Süden bot sich gerade gut an. Möglicherweise organisierte der Wirt gezielt Treffen beim Tanz. Vielleicht wird dort sogar organisiert verkuppelt. Es war noch nicht so spät und so änderten sie kurz entschlossen ihr Ziel. Die Fahrt ging nun auf die A7 durch den Elbtunnel und von dort nach Neuenfelde zu dem Gasthof *Zum Eichengrund.*

Auf dem gepflasterten Parkplatz vor dem Gebäude standen nur drei Autos. Der

Gasthof war so ein typischer Landgasthof mit Saalanbau. Eine sehr alte und große Eiche stand am Rand des Parkplatzes vor dem Gasthof. Es war gerade 18 Uhr geworden. Sie traten ein und wurden durch ein großes Schild nach rechts in die Gaststube geführt. Alles wirkte alt, aber sauber und einladend. Auf den alten Holztischen standen Blumengestecke, die Fensterbänke hatten eng an eng stehende Blumentöpfe mit teilweise großen Pflanzen. Dicke Deckenbalken rundeten das rustikale Ambiente ab. An zwei Tischen saßen Paare und am Tresen verabschiedete sich gerade ein älterer Mann. Offenbar ein Stammkunde, der nach Feierabend dort sein Bier trank. Tobias und Karin traten an den Tresen. Ein dicker älterer Mann mit Halbglatze und grüner Schürze über ein kariertes Hemd kam näher.

„Was kann ich für sie tun? –

„Sie sind der Wirt hier?" fragte Tobias.

„Ja, seit fast 40 Jahren", antwortete er gut gelaunt, „der Gasthof wird in 3. Generation geführt." –

„Ich bin Privatdetektiv und ermittel in einen Betrugsfall", Tobias hielt jetzt sein Smartphone mit dem Foto der betreffenden Dame hoch, „ist diese Frau quasi Stammgast bei ihren Tanzveranstaltungen?"

Der Wirt sah jetzt Tobias etwas misstrauisch an, dann schaute er angestrengt auf das Foto.

„Kann sein. Es kommen ja viele hier und immer auch neue Gäste", murmelte er, „aber Betrug beim Tanz?"

Der Wirt wiegelte ab, ging aber einen Schritt zurück.

„Es geht um Anton Brüggen in Heist. Die Dame scheint eine Heiratsschwindlerin zu sein."

Tobias ging hier aufs Ganze und Karin beobachtete den Wirt genau. Im ersten

Moment war sein Blick ein wenig erschrocken, aber nur für den Bruchteil einer Sekunde. Dann schüttelte er den Kopf.

„Dafür kann ich nun nicht gerade stehen! So ist das Leben. Ich veranstalte hier nur den Tanz und bezahle den DJ." –

„Bekommen Sie Tipps, welchen Bauern oder Landwirt Sie zum Tanzen hier überreden sollen?" –

„Hören Sie! Jetzt reicht es. Bitte gehen Sie. Das muss ich mir nicht anhören!"

Der Wirt wurde jetzt sauer und wendete sich demonstrativ ab, griff nach gereinigten Gläsern und stellte sie in die Regale hinter sich. Karin ließ bewusst ihre Handtasche auf den Barhocker neben sich liegen. Beide gingen zum Ausgang und Karin zog die Tür hinter sich nicht ganz zu, sondern ging ganz leise wieder zum Tresen zurück und was sie ahnte, der Wirt hatte sein Handy am Ohr. Sie hörte nur die Worte „Schnüffeln…

zwei…" Dann sah sich der Wirt erschrocken um und Karin nahm ihre Handtasche vom Barhocker. Sie nickte dem Wirt freundlich zu:

„Hätte ich fast vergessen."

Sie ging dann schnell aus der Gaststube und zog auch die Tür hinter sich zu. Außen an der Tür sahen sie einen handschriftlichen Hinweis auf ein Blatt Papier mit großen Buchstabe geschrieben, angeheftet mit Klebestreifen:

„Samstag wieder Tanz mit DJ Holger. 20 Uhr!"

Im Auto erzählte Karin sofort, welchen Eindruck sie gewonnen hatte und welche Wortfetzen sie noch hören konnte. Sie war sich sicher:

„Da haben wir wohl in ein Wespennest gestochen. Da werden Beziehungen organisiert, da bin ich sicher. Vielleicht sollte ich mal zu so einem Tanz gehen."

Sie fuhren jetzt nach Hamburg zurück, steuerten aber nicht das Büro an, sondern Karins Wohnung im Stadtteil Altona. Es wurde 19 Uhr und beide wollten den Abend gemeinsam genießen.

*

Zwei Tage später am Samstagabend:

Arnold Jäger war froh, dass nun endlich sein Sohn zum Tanzen für *einsame Herzen* bereit war. Schon lange hatte er auf ihn eingeredet. Es wird Zeit, eine Frau zu suchen. Und nun bekam er diesen Tipp: Ein Gasthof in Neuenfelde veranstaltete regelmäßig so etwas wie *Bauer sucht Frau*. Der Wirt rief sogar zweimal bei Arnold Jäger an, um ihn an die anstehende Tanzveranstaltung zu erinnern. Immerhin war sein Sohn Johann schon Ende 40 und er hatte ihm bereits den Hof vor 10 Jahren übergeben. Nein, überschrieben als Hoferbe, das sollte erst folgen, wenn er eine Familie gründet und weitere

Nachkommen in Sicht sind. Arnold Jäger war diesbezüglich sehr konservativ. Johann hatte lange gezögert. Jetzt hatte er sich für den Tanz der einsamen Herzen sogar einen neuen Anzug gegönnt. Dunkel blau, dazu ein weißes Hemd und eine rote Krawatte. Die dünnen Haare hatte er mit Haarwasser ordentlich mit Scheitel gekämmt.

Johann Jäger hatte mit Frauen kaum Erfahrungen. Als Jugendlicher kam es zu einer verwickelten Begegnung mit einer jungen Frau. Sie fühlte sich umschmeichelt und Johann verstand ihre freundliche Zuneigung falsch. Im Anflug einer sexuellen Erregung griff er zu. Aber die Frau entzog sich sanft seinem Griff. Johann wusste das nicht zu deuten. War ihre Zuneigung nicht Zeichen dafür, dass sie jetzt bereit war? Als er nochmal zufasste, musste die Frau sich energisch zur Wehr setzen. Sie riss sich los und er sank ratlos in sich zusammen. Seine Unsicherheit Frauen gegenüber verstärkte sich nun. Viele Jahre später überredete ihn ein ehemaliger Schulfreund aus demselben Dorf, die Reeperbahn in Hamburg — und dort vielleicht auch ein Bordell - zu besuchen. Sie trieben sich durch mehrere Lokalitäten und nach genügendem Alkoholgenuss trauten sie sich in das Laufhaus, einen großen Bordellbetrieb. Johann wurde von den Nutten auf eine Weise angesprochen, die ihm fremd war. Alle diese Frauen waren aufreizend gekleidet und machten eindeutige Angebote. Ohne Scham. Die ganze Situation verunsicherte ihn. Aber irgendwann willigte er ein. Eine der Damen war ihm aus unerklärlichen Gründen sympathisch und von ihr ließ er sich in ein Zimmer führen. Alles war in Rottönen gestaltet. Ein breites Bett stand in der Mitte und oben an der Decke hing ein großer Spiegel. Die Dame ließ die letzten hauchdünnen Hüllen fallen. Johann saß auf der Bettkante und starrte lange auf ihren nackten Körper. Er war schon immer irgendwie langsam.

Langsam und bedächtig in allen Dingen. Schon als Kind waren ihm Ballspiele zu schnell. Er wurde schon als Kind Außenseiter. Und auf dem Hof brauchte er doppelte Zeit zum Schweinefüttern als Kurt, der ihm immer half. So begann er nur zögernd und umständlich, sich auszuziehen. Sie hatte Geduld und half dann dabei. Johann war das alles auch irgendwie peinlich. Seine Gefühle schwankten zwischen Unsicherheit und Lust. Sie setzte sich dann ohne weiter zu zögern auf ihn und versuchte ihn zu animieren. Das ging Johann aber schon zu schnell, so dass die ganze Erregung schlagartig zusammenbrach. Johann wusste einfach nicht, was zu tun war.

Jetzt aber saßen er und sein Vater am Tresen im *Gasthof zum Eichengrund*. Der Saal war groß und alt. Ein echter Tanzsaal aus früheren Zeiten mit Parkettfußboden und einer hinten erhöht eingelassenen Bühne, auf der der DJ seine Anlage aufgebaut hatte. Der DJ legte Schlagermusik auf und animierte auf lustige Weise die Gäste zum Tanzen. Einige Paare drehten sich bereits zur Musik. Johann sah sich um und musterte die Damen, die offenbar alle ohne Partner gekommen waren und auf eine Tanzaufforderung hofften. Sie waren auch nicht mehr ganz jung, manche für seinen Geschmack zu mütterlich mit einem Lockenkopf wie seine Mutter es sich manchmal vom Friseur im Dorf legen ließ. Sein Vater zeigte zwischendurch auf zwei noch recht attraktive Frauen, die an verschiedenen Tischen zusammen mit anderen Damen saßen, Kaffee tranken oder auch einen Likör zu sich nahmen sozusagen als Mutmacher.

Johann war kein geübter Tänzer. Vor vielen Jahren hatte er einen Tanzkurs besucht. Ihm fehlte aber jedes Rhythmusgefühl. Einen einfachen langsamen Walzer würde er sich noch zutrauen. Oder einen Foxtrott, wenn auf Abstand und frei getanzt werden durfte. Aber jetzt eine der Damen auffordern? Wie macht man das? Johann zögerte und der Mut schwand immer mehr dahin. Der Vater wurde schon etwas ungeduldig. Warum war Johann nur so scheu und zurückhaltend?

Und auf einmal gab es Damenwahl. Der DJ sah, dass neben Johann drei andere Männer ebenfalls noch unschlüssig an der Bar standen. Also Damenwahl! Er rief in humorvoller Weise die Damen auf, sich einen der tanzfaulen Männer zu greifen. Und nicht lange danach näherte sich eine ziemlich gewichtige Frau mit altmodischer Lockenpracht auf dem Kopf. Sie hatte sich in ein erkennbar viel zu eng gewordenes Kleid gezwungen. Der Vater stieß Johann unauffällig in die Seite und er nahm ihre Aufforderung an. Sie tanzten einen langsamen Foxtrott zu Roy Blacks „Ganz in Weiß". Johann hatte schon zwei Bier und zwei Kurze getrunken. Ob nun vom Alkohol oder von seiner fehlenden Übung, ihm wurde von den Drehungen, die ihm die Dame abnötigte etwas schwindelig. Endlich war der Musiktitel zu Ende. Am Tresen lachte sein Vater und machte ihm Mut, nun selbst eine der Damen aufzufordern.

Aber ehe er sich entscheiden konnte, näherte sich eine Frau, obwohl keine Damenwahl angesagt war. Sie gehörte zu den wenigen attraktiven Frauen. Ein schillernd grünes Kleid, kniefrei, eine noch relativ schlanke Figur, die andere auch als vollschlank bezeichnen würden. Sie hatte ein nettes Gesicht. Dunkle Haare, schwarz oder dunkelblond. Das war bei dem Schummerlicht und den farbigen Lichtspielen der Technik nicht sicher zu bestimmen. Sie forderte lächelnd und selbstbewusst Johann zum Tanz auf. Er hatte das Gefühl, dass sie ihn schon von Anfang an immer wieder angesehen hatte. Der DJ hatte gerade Marianne Rosenbergs „Du gehörst zu mir" aufgelegt. Johann ging mit ihr auf die Tanzfläche und drehte sich etwas ungeschickt zum Rhythmus der Musik. Sie war dagegen eine geübte Tänzerin und verstand es, ihn zu führen. Der Schlager endete und der DJ verkündete eine kleine Pause. Die Tanzpartnerin folgte Johann an den Tresen und setzte sich neben ihn auf einen der Barhocker.

„Ich heiße Hannelore", begann sie den Smalltalk, „du kannst mich auch einfach Hanni nennen."

„Ich heiße Johann", gab er zögernd und etwas schüchtern zurück, „und das hier ist mein Vater."

Er zeigte mit dem Kopf auf seinen Vater, der auf der anderen Seite neben ihm saß und freundlich der Dame zunickte. Sie erwiderte ihm ein Lächeln.

„Ich bin hier öfter zum Tanzen", erklärte sie, „vielleicht bist du nächste Woche ja auch wieder da." –

„Ich bin das erste Mal hier." –

Der Vater mischte sich sofort ein:

„Ja, wir kommen dann nächste Woche wieder." –

„Das würde mich sehr freuen!" Hannelore sah dabei Johann freundlich und fragend an.

„Ja, ja, das machen wir." Johann war verlegen und griff hilfesuchend zum Bierglas und bestellte dabei ein weiteres Bier. Ihm gefiel diese Hannelore durchaus. Und man konnte vermuten, dass sie auch zupacken konnte, was ja auf dem Hof wichtig wäre. Die Musik begann wieder. Sie zog ihn erneut auf die Tanzfläche. Der DJ begann mit dem „Schneewalzer", um auch die älteren Gäste auf die Tanzfläche zu bringen und viele ältere Herrschaften ergriffen tatsächlich die Gelegenheit und tanzten Walzer. Johann und Hannelore tanzten noch einige Zeit zusammen und tranken zwischendurch am Tresen auch einen Sekt. Sie verabredeten sich für die nächste Woche.

*

Frühstück bei den Jägers in Radesdorf. Da war es wie jeden Morgen genau 8 Uhr. Arnold Jäger saß mit Arbeitskleidung am Tisch und ließ sich von seiner Frau noch einen Kaffee einschenken. Sie bewohnten bereits das Altenteiler-Haus auf dem Hof. Der Vater von Arnold war bereits vor drei Jahren verstorben und seine Mutter seit 5 Jahren im Pflegeheim. So wurde das Altenteiler-Haus frei und Arnold übergab das große Bauernhaus seinem Sohn. Der sollte schon mal zeigen, ob er auch selbstständig den Betrieb führen könnte. Es gab eine Schweinezucht und einige Galloway-Rinder auf einer großen saftigen Wiese. Im Bauernhaus bewohnte Johann die Wohnung im Erdgeschoss. Oben hatte er eine kleinere Wohnung an ein älteres Ehepaar vermietet. Der Mann half ihm im Betrieb.

„Also, die Frau gestern beim Tanz will Johann wieder treffen. Die macht einen netten Eindruck", berichtete Arnold Jäger seiner Frau.

Beide machten sich Hoffnung, dass nun bald eine Frau bei Johann einziehen würde und sich mehr entwickeln könnte. Den Hof wollte Arnold Jäger erst dann überschreiben, wenn Johann eine Familie gründet. Nur für den Notfall hatte er beim Notar ihn auch testamentarisch zum Allein- und Hoferben eingesetzt. Frau Jäger hörte aufmerksam zu, was sich an dem Abend alles zutrug.

„Und wie verhielt sich Johann?" wollte nun Anneliese Jäger, die Mutter von Johann wissen.

„Ich hatte den Eindruck, dass sie ihm gefiel." Arnold Jäger griff dabei zum dritten Brötchen, schnitt es auf, nahm reichlich gute Butter dazu und legte deftige Mettwurstscheiben darauf.

„Und wie alt war sie", wollte nun Anneliese Jäger wissen, „wird sie noch Kinder bekommen können?" –

„Na, höchsten 40 würde ich sagen", erwiderte Arnold Jäger nachdenklich, „Johann müsste sich wohl schon beeilen." –

„Und passt sie zum Hof? Hier gibt es ja viel Arbeit und der Haushalt ist auch zu machen." –

„Das wissen wir noch nicht. Das wird sich zeigen. Ich komme jedenfalls nächste Woche noch einmal mit."

Anneliese Jäger war skeptisch. Johann hatte all die Jahre scheinbar nichts mit Frauen im Sinn. Sie argwöhnte schon, ob er etwa schwul sei. Er ging nie aus. Nur gelegentlich im Dorfkrug ließ er sich sehen, spielte Skat mit einigen guten Bekannten oder sie sahen gemeinsam ein Fußballspiel im Fernsehen. Es gab noch Maria, eine Schwester, zwei Jahre jünger, seit 12 Jahren verheiratet. Maria lebte mit ihrem Mann Benno im Dorf. Sie hatten am Rand ein kleines Haus gebaut. Zwei Kinder mit 12 und 9 Jahren sind aus der Verbindung hervorgegangen. Bei ihnen lief alles unproblematisch ab. Aber Benno war von Anfang an der Meinung, dass Johann für die Führung des Hofes nicht für geeignet sei. Johann sei nach Bennos Meinung geistig zu schwerfällig um den landwirtschaftlichen Betrieb zu führen. Der Vater musste tatsächlich schon einige Male Benno anrufen und bitten, im Betrieb zu helfen. Manchmal war Johann so passiv, dass man Angst haben musste, mit ihm würde etwas nicht stimmen. Aber der Vater war sicher, wenn erst einmal eine Frau da wäre, dann würde sich alles zum Guten wenden.

*

Eine Woche später

Im *Gasthof zum Eichengrund* animierte der DJ gerade zur ersten Tanzrunde. Vier Paare drehten sich zur Musik. Mehrere weitere Gäste saßen an den Tischen oder am Tresen. Johann betrat mit seinem Vater den Saal. Beide setzten sich wieder an den Tresen, aber so, dass neben

Johann noch ein Platz frei blieb. Beide hatten ihre Anzüge angezogen und Johann hatte auf Anraten der Mutter noch etwas *Kölnisch Wasser* aufgesprüht. Guter Geruch sei nicht zu unterschätzen. Am Tresen warteten sie noch über eine Stunde. Dann erschien Hannelore. Sie hatte diesmal ein kürzeres rotes Kleid angezogen. Der Ausschnitt oben ließ etwas tiefer blicken als es vor einer Woche möglich war. Sie kam fröhlich zum Tresen und begrüßte Johann und Arnold überschwänglich. Zuerst bestellte Johann drei Gläser Sekt. Das hatte ihm sein Vater zuvor empfohlen. Sie stießen freundschaftlich an. Und dann tanzten beide den ganzen Abend mit wenigen Unterbrechungen. Am Ende stotterte Johann eine Einladung aus. Sie war erfreut und sagte zu und verabschiedete sich von Johann mit einem flüchtigen Küsschen.

„Am besten ist, wenn wir alle mit Mutter zusammen Kaffee trinken. Dann können wir uns besser kennenzulernen", schlug der Vater auf dem Heimweg vor.

Er wusste genau, dass seine Frau das auch vorschlagen würde. Sie war schon so gespannt auf diese Frau.

Johann nickte nur zustimmend.

Zuhause angekommen erzählte Arnold alles seiner Frau.

„Dann müssen wir bei Johann die Wohnung gründlich machen!" bestimmte sie sofort.

Ja, die Wohnung musste immer wieder von der Mutter gereinigt werden. Sie machte auch stets die Wäsche. Johann schaffte mit Mühe den täglichen Betrieb. Die Schweine mussten Futter bekommen. Nach Krankheiten musste regelmäßig gesehen werden. Und das Ausmisten war anstrengend und nur mit der Hilfe von Kurt Valentin, seinem Mieter, zu schaffen. Und auch die Rinder waren täglich zu versorgen. Der große Güllebehälter, halb im Boden eingelassen, war schnell voll und konnte nur nach strengen Bestimmungen auf Felder und Wiesen ausgebracht werden.

Am Tag vor dem angekündigten Besuch von Hannelore gab es viel Arbeit. Johann musste gerade die elektrische Rührmaschine am Güllebehälter reparieren. Es gab eine Holztreppe hoch zu einer hölzernen Plattform auf Randhöhe des Behälters, wo die Rührmaschine installiert war. Der Güllebehälter war zu etwa drei Viertel gefüllt. Bald musste Johann mit dem speziellen Gülle-Anhänger wieder über die Wiesen fahren. Sein Vater kam dazu und zu zweit konnten sie die Rührmaschine wieder zum Laufen bringen.

„Wenn Hannelore morgen kommt, muss du auf alles gefasst sein!" begann sein Vater das Gespräch. „Mutter wird die Wohnung klar machen und das Bett neu beziehen." -

„Ja, ich weiß. Ich kann mir das mit Hannelore vorstellen." –

„Na, dann ist ja alles klar."

*

Karins Mutter rief aufgeregt an:

„Heute oder morgen können wir bei mir Kaffee trinken. Welcher Tag ist dir lieber?" –

„Dann lass' uns das heute machen. Das passt mir zeitlich ganz gut. 16 Uhr?" –

„Ja, gern und du kommst dann bitte pünktlich um 16 Uhr."

Karin lachte in sich hinein. Da wird sie sich einen Spaß machen. Mal sehen, ob dieses Muttersöhnchen auch einen Blick für Frauen hat. Nach Schluss ihres letzten Fitnesskurses mit ganz jungen Frauen – auch ihr Patenkind Tina machte da immer mit – beeilte sie sich, um sich zu Hause noch schnell umzuziehen. Als sie ihren Kleiderschrank öffnete, fiel ihr die Wahl schwer. Drei Kleider nahm sie heraus in die engere Wahl. Sollte sie das kurze weiße Kleid nehmen, das oben ziemlich durchschimmernd war? Das Kleid liebte ihr Tobias so sehr. Oder das blaue Kleid, das sie in Frankfurt vor einem halben Jahr gekauft hatte? Das hatte eine weiße Knopfleiste vorn bis unten hin und konnte oben relativ weit geöffnet werden. Oder das lachsfarbene Kleid, das nicht ganz so kurz war, aber einen gewagten Ausschnitt hatte? Sie zog dieses Kleid vor ihrem großen Spiegel über. Der Ausschnitt war wirklich gewagt und ohne BH könnte bei einer ungeschickten Bewegung alles zu sehen sein. Sie fing bei den Gedanken zu lachen an und entschied sich für dieses lachsfarbene Kleid. Ihre langen blonden Haare ließ sie leicht gewellt offen. Schuhe? Die Auswahl war immer schwer. Am Ende blieb es bei bequemen goldfarbenen Schuhen mit nicht ganz so hohen Absätzen. Die Zeit lief und Karin war nie wirklich pünktlich. Ihre Mutter ärgerte das immer. Aber 10 Minuten später – was ist dabei.

Die Mutter öffnete fröhlich die Tür als Karin die Klingel betätigte. Es roch schon nach frisch aufgebrühten Kaffee und selbst gebackener Torte. Karin betrat nun das Wohnzimmer. Und da saß dieser junge Rechtsanwalt, den ihre Mutter überschwänglich vorstellte. Er erhob sich artig und gab ihr die Hand. Es war ein schwacher Händedruck. Er trug eine hellgraue Stoffhose mit Bundfalte und korrekter Bügelfalte und ein blütenweißes Hemd, das offenbar auch nach dem Waschen noch zusätzlich gestärkt wurde. Er war kaum größer als Karin, sehr schmal und dünn. Die dunkelblonden Haare waren kurz und sehr ordentlich geschnitten. Neben ihm saß seine Mutter. Eine Frau mit strengen Blick, etwa Mitte 50, schlank mit einem grün-weiß gestreiften Kleid, hochgeschlossen mit einer dezenten Knopfleiste vorn. Ihre schwarzen Haare waren kunstvoll hochgesteckt. An den

Fingern sah Karin sofort mehrere Goldringe. Eine teure Dior-Handtasche stand neben ihr auf der Couch. Sie hatte einen festeren Händedruck und musterte Karin von oben bis unten mit hochgezogenen Augenbrauen. Karins Mutter schenkte allen Kaffee ein und Karin bediente die Gäste mit je einem schönen Stück der Nuss-Creme-Torte. Nach dem üblichen Lob für die selbstgebackene Torte und die Klage über das Wetter, das Karin aber für gut befand, kam nur zögernd ein Gespräch zustande.

„Was machen Sie beruflich?" fragte die Mutter des Anwalts und ließ sich von der Gastgeberin noch einen Kaffee einschenken.

„Zusammen mit einer Freundin betreibe ich einen Fitness-Club nur für Frauen. Das wird gut angenommen, vor allem die Selbstverteidigungskurse für Frauen und neuerdings bieten wir auch Kickboxen an." –

„Interessant! Und was haben Sie gelernt?" fragte sie nun mit erhobener Stimme als ob sie Mitglied einer Prüfungskommission sei. Sie lehnte sich dabei abwartend zurück, behielt aber die stocksteife Körperhaltung bei.

„Ich bin ausgebildete Physiotherapeutin", antwortete Karin, „übe diesen Beruf aber schon lange nicht mehr aus."

Die streng fragende Frau nahm sich nun ein weiteres Stück von dem selbstgebackenen Nusskuchen und sah dann zu ihrem Sohn herüber, der immer wieder Karin ansah.

„Roland hat das zweite Staatsexamen mit Auszeichnung bestanden! Das schafft man nur, wenn man nicht durch Frauengeschichten abgelenkt wird. Darauf hatte ich auch immer geachtet."

Karin bemerkte nun, dass sich der Blick des jungen Rechtsanwaltes an ihren Ausschnitt heftete. Aber sie bemerkte nicht, dass einer der kurzen Ärmel von der Schulter gerutscht war. Das Kleid drohte einseitig zu rutschen. Und als sie einige Tassen stehend und vorn übergebeugt wieder mit frischen Kaffee füllen wollte – ihre Mutter stellte nämlich eine neue Kanne auf den Tisch – wäre es fast passiert. Da merkte sie es und bewegte sich schnell etwas zurück. Ihre Brüste waren für einen kurzen Moment von Gegenüber gut zu sehen. Dem jungen Anwalt fiel beim Anblick von so viel Weiblichkeit ein Tortenstück mit Cremeanteil und Sahne von der Kuchengabel und landete auf seine frisch gebügelte graue Stoffhose. Von dort fiel das Tortenstück dann auf den Boden. Seine Mutter sah es sofort und griff schnell nach einer Serviette. Sie rieb eifrig den Fleck und der Sohn sah zu und entschuldigte sich. Karin drehte sich weg. Sie stand noch mit der Kaffeekanne in der Hand und lief damit in die Küche, da sie sich das Lachen kaum halten konnte. Ihre Mutter kam ihr sofort hinterher:

„Musstest du unbedingt dieses Kleid anziehen?" zischte sie ihr zu.

Karin ignorierte diese Frage und setzte sich wieder an die Kaffeetafel. Der junge Anwalt stand nun auf und ging ins Bad, um dem Fleck mit etwas Wasser und Seife beizukommen. Seine Mutter war sichtlich unzufrieden. Ihre Mundwinkel sanken. Karins Mutter brachte rasch das gute Wetter wieder ins Gespräch. Aber die Stimmung blieb ein wenig angespannt.

„Wir müssen gleich aufbrechen!" kam es plötzlich von der Mutter des Anwalts. „Es war ja sehr nett hier, aber mein Sohn hat noch einen wichtigen Mandantentermin. Dazu muss er auch noch eine andere Hose anziehen."

Sie erhob sich und ihr Sohn kam auch aus dem Bad zurück und zeigte seiner Mutter mit besorgten Blick den Stand der Fleckbeseitigung.

Beide verabschiedeten sich ausgesucht höflich. Die Mutter des Rechtsanwalts gab Karin allerdings einzig kein Lächeln. Im Nu waren beide aus der Wohnung. Karin begann laut zu lachen.

„Du hast das alles verdorben! Was sollen die über dich denken?" schimpfte die Mutter und räumte dabei den Tisch ab.

„Das ist doch kein Mann für mich!" erwiderte Karin. „Dem fielen ja fast die Augen aus, als er mir in den Ausschnitt sah. Und außerdem mag ich solche dünnen Männer überhaupt nicht." –

„Der hat doch noch keine Erfahrungen mit Frauen. Seine Mutter hatte mir das schon vorher mal erzählt, dass vor allem sie darauf geachtet hatte, dass er sich nicht mit irgendwelchen Flittchen einlässt. Er wartet auf die Richtige! Das ist doch anständig!" erklärte die Mutter mit einem empörten Unterton.

Karin lachte wieder los und prustete dabei: „Wenn ich den am Schwänzchen packe, ruft der doch nach seiner Mama! Das ist doch ein typisches Muttersöhnchen." –

„Du bist unmöglich! Kein Wunder, dass du nur diesen Tobias Alff hast. Die besseren Partien lässt du vorbeigehen!" Karins Mutter war richtig sauer.

Karin verabschiedete sich nun auch und traf ihren Tobias zu Hause. Mit ihm konnte sie gut leben. Er hatte jetzt guten Rotwein und kleine Naschereien besorgt. So war der Abend gerettet.

*

Eine Woche später in Radesdorf:

Die Kaffeetafel war schon rechtzeitig am frühen Nachmittag gedeckt. Anneliese Jäger hatte eine Schwarzwälder Kirschtorte und einen Käsekuchen gebacken. Mit einer weißen Schürze über ein buntes blaues Kleid kontrollierte sie noch einmal die Tischdeko. Alles war in bester Ordnung. Arnold Jäger saß bereits mit weißen Hemd ohne Krawatte am Ende des Tisches. Johann kam jetzt mit einer neuen Jeans und ebenfalls weißen Hemd dazu und stand etwas unentschlossen und nervös vor dem Tisch. Noch ehe er sich entscheiden konnte, welchen Platz er am Tisch einnehmen sollte, hörten alle die Klingel an der Haustür. Die Mutter öffnete und vor ihr stand die erwartete Frau.

„Kommen Sie herein", rief sie ihr zu, „der Kaffee ist fertig."

Die Besucherin trug ein schwarzes knielanges Kleid, das aber sehr körperbetont war und etwas festlich wirkte. Ihre halblangen Haare waren leicht gewellt und jetzt auch bei Tageslicht als dunkelblond zu erkennen. Sie trat ein und begrüßte den Vater, dann Johann, alle mit Handschlag und setzte sich der Mutter gegenüber und direkt neben Johann an den Tisch.

„Oh, das sieht aber alles gut aus", rief sie aus, „aber für die Figur eher nicht."

Die Mutter bot sofort Torte und Kuchen an und Hannelore nahm ein Stück von der Torte. Kaffee wurde eingeschenkt und der Vater wünschte allen einen guten Appetit.

„Von wo kommen Sie denn?" fragte die Mutter und nahm sich ein Stück vom Käsekuchen auf ihren Teller.

„Ich wohne in Hamburg. Habe da eine ganz kleine Wohnung. Ich bin seit zwei Jahren verwitwet und arbeite in einem Maklerbüro mit. Ich heiße übrigens Hannelore Müller und ich denke, wir können uns wie es auf dem Lande ja auch üblich ist, gern duzen." –

„Ja, das finde ich gut", erwiderte die Mutter, „wir duzen uns im Dorf fast alle. Ich heiße Anneliese."

Der Vater stand auf und nahm aus dem Kühlschrank in der Küche eine Flasche *Helbing* und schenkte für alle ein Glas ein. Mit einem kleinen Tablett reichte er die Gläser mit dem Hamburger Kümmel herum und alle prosteten sich zu.

„Woran starb denn ihr letzter Ehemann?" fragte die Mutter.

Johann war die Neugierde sichtlich peinlich.

„Er war deutlich älter als ich und es war ein schwerer Schlaganfall, den er nicht überlebt hat. Zum Glück oder vielleicht zum Unglück – wie immer man das sehen will – hatten wir noch keine Kinder." –

„Johann war bisher noch nicht verheiratet. Auch irgendwelche Frauengeschichten gab es bisher nicht. Er ist ein guter Junge." Die Mutter schenkte noch einmal Kaffee nach.

Johann schwieg die ganze Zeit. Er wusste einfach nicht, was er zum Gespräch beitragen sollte. Er überlegte immer wieder angestrengt, aber verwarf jede Idee einer Beteiligung. Hatte er sich dann doch Worte zurechtgelegt, kam ein anderer am Tisch ihm zuvor. Der Vater schenkte aber noch einmal einen *Helbing* nach und bot nun dazu auch Bier an. Johann nickte zustimmend und brachte nur ein „Ja, ich nehme eins" heraus.

„Wenn wir mit dem Essen fertig sind, würde ich gern einmal den Hof besichtigen. Das Wetter lädt geradezu dazu ein." Hannelore Müller war neugierig.

Beim Tanzen hatte sie von Johann nur gehört, dass er einen Hof habe. Der Vater hatte dabei verraten, dass die Überschreibung bei Familiengründung erfolgen würde. Alle waren mit einer Hofbesichtigung einverstanden und nach einem letzten Schnaps ging Arnold Jäger voran.

Zuerst zeigte er das Altenteiler-Haus, aus dem sie gerade heraustraten. Es war ein freistehendes Wohnhaus, älterer Bauart mit roten Ziegeln, aber im Innern vor Jahren modernisiert. Dann gingen sie zum Hauptgebäude des Hofes, das Bauernhaus mit Scheune und Stallanbau.

Im Erdgeschoss befand sich die Wohnung von Johann, immerhin vier große Zimmer, eine geräumige Wohnküche und eine Speisekammer. Im ersten Stock war eine kleinere Wohnung vermietet. Der Stallanbau war früher Schweinestall. Jetzt gab es dort eine Werkstatt und ein größerer Traktor stand hinter einem großen Holztor. Und auch Johanns alter Mercedes Diesel. Ansonsten lagen dort Holzreste, Gartengeräte und scheinbar ausrangierte Maschinen mit viel Rostansatz. Dahinter war als weiterer Anbau die Scheune, in der früher Stroh und Futter lagerte. Jetzt waren noch einige Strohballen im oberen Bereich vorhanden. Unten standen zwei große Anhänger, einige spezielle Anhänger zur Gülleausbringung und weitere Maschinen für die Mäharbeiten. In einer Ecke stand ein alter Traktor, ein alter Fendt.

Weiter hinten auf dem Grundstück gab es den flachen Schweinestall. Ein ziemlich großes Gebäude. 120 Schweine waren zu versorgen. Der Weg dorthin war grob gepflastert. Fast daneben und wieder in Richtung des Altenteiler-Hauses gab es einen großen runden Güllebehälter, der halb in den Boden eingelassen war mit einer elektrischen Rührmaschine und einer hölzernen Treppe mit einer Art Bühne auf Randhöhe. Dieses Holzgestell hatten Johann und sein Vater vor Jahren selbst gebaut, um die immer wieder notwendigen Reparaturen an der Rührmaschine bequem ohne Leitern durchführen zu können. Dahinter waren Wiesen zu sehen und auch mehrere Rinder, die noch zum Betrieb gehörten. Der Vater erläuterte, dass sich noch an einer anderen Stelle Ackerflächen befinden, die aber verpachtet seien und an der Straße noch ein Wiesengrundstück, dass von der Gemeinde als Bauland ausgewiesen wurde. Die Planungen seien weit gediehen und ein Hamburger Makler schon beauftragt. Hannelore Müller hörte genau zu und sah sich alles interessiert an. Johann ging dabei mit Abstand als Letzter der Gruppe hinterher.

„Wollt ihr euch jetzt noch ein wenig allein unterhalten?" fragte nun die Mutter. „Johann! Zeig doch der Hannelore deine Wohnung."

Johann nickte nur und ging einfach los. Hannelore lief ihm sofort nach und holte ihn kurz vor der Eingangstür ein. Sie gingen dann zusammen in die Wohnung. Ein kleiner Vorflur mit Treppe nach oben, dann die Wohnküche mit älterer Küchenzeile, die noch aus der Zeit der Altbauern stammte. Am Fenster gab es einen großen stabilen Holztisch mit Eckbank und Holzstühlen, einige Kissen und die Mutter hatte Blumen auf den Tisch gestellt. Dunkler Terrazzo als Fußboden gab dem Ganzen schließlich einen etwas historischen, aber interessanten Anstrich. Von der Küche ging es zum einen in eine Wohnstube mit Couch, Sessel, Tisch und Stühlen sowie einem sehr großen Flachbildfernseher. Eine andere Tür führte zum Bad, das vor Jahren modernisiert wurde, aber altmodisch mit hellblauen Fliesen bis unter die Decke und wenig passenden cremefarbenen Objekten. Vom Wohnzimmer aus gab es den Zugang zum Schlafzimmer mit Doppelbett, einem riesigen Schrank und einer alten Kommode. Vom Wohnzimmer aus führte eine weitere Tür zu einem kleineren Zimmer, das als Büro genutzt wurde. Johann zeigte alles sehr wortkarg.

Dann setzten sich beide ins Wohnzimmer. Johann setzte sich in einem der Sessel und Hannelore in den anderen Sessel direkt daneben. Es entstand eine peinliche Stille.

„Hast du ein Fotoalbum?" fragte sie ihn und unterbrach das Schweigen. Er nickte und holte es aus dem Schrank.

„Laß' uns zusammen auf dem Sofa sitzen, damit du mir die Fotos erklären kannst", schlug sie vor und Johann wechselte sofort seinen Platz.

Sie gingen das Album langsam durch und Johann erklärte die Fotos. Als sie nach fast einer Stunde durch waren, lehnte sich Hannelore weit zurück und öffnete am schon weiten Ausschnitt zwei weitere Knöpfe ihres Kleides:

„Es ist total warm hier. Hast du Bier oder Wein?" –

„Ja, ich hole Bier." Johann beeilte sich und kam mit vier Flaschen und zwei Gläser zurück. Er setzte sich neben Hannelore und schenkte ihr ein Glas mit Bier ein. Sie kam allmählich immer näher und Johann wich zuerst zur Seite weg. Er wurde unsicher. Wollte sie etwa schon mehr? Er war zwar auf Körperkontakt eingestellt, aber so schnell? Er sah sie an und bemerkte, dass ein Teil ihrer Brust im Ausschnitt zu sehen war.

„Ja, schau gern hin!" sagte sie auf einmal und Johann erschrak, fühlte sich ertappt. Sie öffnete ihr Kleid oben noch etwas weiter, völlig ungeniert. Sie hatte schon lange erkannt, dass er scheu und unsicher war, keine Erfahrungen hatte und verführt werden musste. Johann nahm nervös einen Schluck Bier. Er war ohnehin von den Schnäpsen beim Kaffeetrinken und dem Bier dort und jetzt hier etwas angeduselt. Hannelore wendete sich nun ganz zu ihm und nahm sein Gesicht in ihre Hände und begann ihn zu küssen. Er erwiderte den Kuss kaum, ließ es aber alles geschehen. Und auf einmal öffnete sie sein Hemd, dann ging eine Hand zu seiner Jeans und sie zog den Reisverschluss herunter, öffnete auch den oberen Knopf und den Gürtel. Sie zog ihm die Jeans weit herab und zog dabei auch den Slip mit. Johann griff indessen in ihren Ausschnitt und fasste an ihre Brüste. Jetzt wich die anfängliche Unsicherheit einer heftigen Erregung. Alles was nun folgte lief nach ihrer

Vorstellung ab. Sie wusste ihn perfekt zu verführen. Johann ließ alles über sich ergehen.

*

Drei Wochen später

Johanns Eltern luden erneut ein. Diesmal war auch die Schwester von Johann mit ihrem Mann dabei. Wieder war die Kaffeetafel mit selbstgebackenen Kuchen fast überfüllt. Besonders stolz war die Mutter über ihre Schwarzwälder-Kirsch-Torte, die ihr immer besonders gut gelang. Hannelore Müller kam etwas zu spät. Sie trug diesmal Jeans und ein schwarzes Oberteil im Feinstrick-Look. Sie war seit zwei Wochen bei Johann eingezogen. Allerdings blieb sie drei volle Tage in jeder Woche weg. Sie brauche ihre Ruhe ließ sie immer verlauten. Die Arbeit sei anstrengend und stressig und zu Johann wolle sie immer ausgeschlafen und entspannt kommen. Der Mutter fiel bereits auf, dass Hannelore ihrer Hausfrauentätigkeit in Johanns

Wohnung nur unzureichend nachkam. Das war für sie ein schlechtes Zeichen. Da wurde gerade noch das Geschirr gespült und die Küche gewischt. Das war es dann schon. Die Mutter kam weiterhin, aber nur wenn Hannelore Müller gerade nicht anwesend war. Sie saugte dann die ganze Wohnung und machte die Wäsche. Und zuletzt war sogar Wäsche von Hannelore dabei, ein zusätzliches Ärgernis. Die Mutter bekam ein seltsames Bauchgefühl. Irgendetwas stimmte mit dieser Frau nicht.

Aber jetzt an der Kaffeetafel mit Maria und Benno Baufeld – Schwester und Schwager von Johann – waren alle freundlich miteinander. Nur die Mutter zögerte immer bewusst etwas mit dem Nachschenken des Kaffees und erwartete heimlich sozusagen als Test, dass Hannelore sich dafür anbieten würde. Die blieb aber ungerührt sitzen und ließ sich bedienen.

„Wo hast du deine Wohnung in Hamburg?" fragte die Schwester. Sie kannte sich in Hamburg gut aus, hatte lange Zeit dort Arbeit.

„Die liegt in Altona. Eine ganz kleine Wohnung in einem Altbau. Nichts Besonderes", antwortete Hannelore weiterhin ausweichend, „Ich ziehe ja langsam zu Johann. Das braucht aber noch mehr Zeit." –

„Johanns Wohnung macht dann aber deutlich mehr Arbeit als eine kleine Wohnung auf der Etage", flocht nun die Mutter ein, „noch schaffe ich das, aber ich werde nicht jünger."

Hannelore Müller nickte nur und begann ein anderes Thema, nämlich die Frage, ob die Schweinehaltung rentabel genug sei. Da wusste der Vater zu antworten.

„Das macht zwar viel Arbeit, jeden Tag, aber die Preise stimmen zurzeit." –

„Johann macht das ja zusammen mit Kurt Valentin, seinem Mieter oben.

Manchmal hilft Arnold auch." Jetzt mischte sich auch der Schwager Benno in das Gespräch ein.

„Würde ein Umbau zu Wohnungen nicht am Ende rentabler und einfacher sein?" fragte Hannelore in die Runde.

„Wir sind ja seit Generationen ein landwirtschaftlicher Betrieb. Das ist was wir können." Der Vater sagte das schon etwas unnachgiebiger. Er war durch und durch Bauer und liebte die Viehhaltung.

„Ich habe nur überschlägig eine Rechnung erstellt. Wenn man aus dem Schweinestall 6 Wohnungen bauen würde, alles Reihenhäuser und die Stallung am Bauernhaus auch zu Wohnraum umbauen würde, würden sich die Investitionen mit den Mieterträgen leicht stemmen lassen." Hannelore zog aus ihrer Handtasche einen Notizblock heraus und wollte gerade etwas genauer die Zahlen darlegen. Da wurde der Bauer Arnold

Jäger, der immer noch Eigentümer der Ländereien war, sauer.

„Solange ich zu bestimmen habe, bleibt der Hof Landwirtschaft mit Schweine- und Rinderhaltung. Johann denkt genauso."

Diese etwas lautere Ansage ließ alle ein wenig zusammenzucken. Arnold Jäger war ein geduldiger Mann. Aber er war auch stur. Schlagartig war die Stimmung angespannt. Die Mutter räumte langsam den Tisch ab und setzte ein abweisendes Gesicht auf. Maria und Benno war die Situation unangenehm und sie versuchten, die Stimmung zu retten.

„Also, solche Überlegungen, reine Gedankenspiele sind doch völlig normal. Wie man dann entscheidet, ist ein anderes Thema und da hat Arnold sich schon erklärt. Also, lasst uns jetzt einen Helbing trinken. Wir müssen doch zusammen halten!" –

„Richtig!" rief Arnold Jäger jetzt und stand auf, „Ich hole jetzt für alle den Kümmelkorn und dann stoßen wir auf eine gute Zukunft an!"

Die Mutter und Maria deckten zusammen den Tisch ab und brachten alles in die Küche. Hannelore blieb wieder ungerührt sitzen und wartete ab. Die Laune der Mutter sank weiter. Jetzt, ja spätestens jetzt hätte sich diese Frau zur Mithilfe anbieten müssen. Das würde sich so gehören. Das passte auch mit der nachlässigen Hausarbeit in Johanns Wohnung zusammen. An diesem Tag begann die Mutter eine Aversion gegen Hannelore Müller zu entwickeln.

Die Zusammenkunft endete zwar freundlich, aber beide Eltern hatten Zweifel, ob diese Frau für Johann richtig sei. Im Grunde wussten sie kaum etwas von ihr.

*

Einige Tage später begann Hannelore Johann zu fragen, wann der Hof überschrieben wird. Sollen sie vorher heiraten? Sollen zuerst Kinder geboren werden? Die Situation sei doch unbefriedigend. Der Vater bleibt Chef, bestimmt die Zukunft und lässt noch nicht einmal alternative Überlegungen zu. Das könne doch so nicht bleiben.

„Er hat immer gesagt, wenn ich eine Familie gründe, wird überschrieben. Mehr weiß ich auch nicht. Er hält schon an den Hof fest und redet mir immer rein, aber er unterstützt mich auch." –

„Und wenn ihm plötzlich etwas zustößt? Ein Unfall oder Herzstillstand, was dann?" –

„Mir hat er eine Abschrift seines Testaments gezeigt. Für diesen Notfall bin ich als Alleinerbe eingesetzt."

Johann mochte diese Art Gespräche nicht. Überhaupt war er nicht ein Mann der Worte. Er liebte die Ruhe. Die

Hauptschule hatte er in der vorletzten Klasse verlassen. Das Lernen fiel ihm schwer. Rechtschreibung zum Beispiel war immer ein großes Problem. Mit den Zahlen hatte er sich inzwischen angefreundet. Der Vater hatte seit faktischer Übergabe des Hofes immer mit ihm zusammen die Buchführung gemacht. Johann erkannte langsam die Zusammenhänge der Konten und Abschlüsse. Seit einem Jahr machte er eigenständig die Buchführung und ordnete die Belege, so dass der Steuerberater nur noch übernehmen musste. Das ging zwar langsam, aber zuverlässig. Aber die andersartigen Zusammenstellungen wie sie Hannelore für ihre Ideen vornahm, verstand er nicht. Auch er misstraute diesen Ideen.

Mit der Zeit hatten sie über diese Dinge auch Streit. Johann fühlte sich unterlegen, weil er ihre Überlegungen nicht wirklich verstand. Sie hatte auch immer das letzte Wort. Und sie redete zu schnell. Er schwieg dann einfach oder ging an die Arbeit im Schweinestall. Hannelore blieb weiterhin bis zu drei Tage weg, um angeblich „Ruhe" zu haben. Außerdem forderte ihre Arbeit angeblich viel Nerven. Johann war es recht, denn ihre Gegenwart war für ihn immer anstrengend. Sie forderte immer mehr von ihm: Bessere Wortwahl, bessere Kleidung in der Freizeit, mehr Hilfe im Haushalt, Umstrukturierung des Betriebes. Und dann nervte ihn die Mutter auch immer wieder. Sie fragte oft, wo jetzt „diese Frau" gerade sei, warum sie nicht seine Wäsche macht und es überhaupt mit dem Haushalt nicht so genau nimmt. Johann war mit all dem total überfordert und hörte sich all das zumeist wortlos an.

*

Im Büro von Tobias Alff erschien Anton Brüggen. Er hatte sich angekündigt, weil er ohnehin in Hamburg zu tun hatte. Es war früher Nachmittag. Brüggen setzte sich auf einen der alten Holzstühle gegenüber vom Schreibtisch. Tobias erklärte ihm, dass sie über die fragwürdige Frau, die offenbar eine Heiratsschwindlerin war, nichts weiter ermitteln konnten. Es schien so, dass der Wirt in Neuenfelde die Verkupplungen heimlich organisierte. Eine weitere unbekannte Person, vielleicht dieser Versicherungsvertreter, könnte Bauern und Landwirte mit großen Betrieben ausfindig gemacht haben, solche, die noch nicht verheiratet waren. Sicher war indes, dass die Frau den Bauer Brüggen irgendwie finanziell schaden wollte.

„Dann soll mir das genügen", sagte Brüggen, „es ist ja noch alles gut gegangen. Diese Frau hat sich bisher nicht wieder gemeldet. Was muss ich jetzt noch bei Ihnen zahlen?"

Tobias rechnete anhand einer einfachen Zeitdokumentation den Restbetrag aus. Der Gast zahlte sofort bar und verabschiedete sich. Damit war für den Detektiv der Fall zum Abschluss gekommen.

*

3 Monate später:

Endlich! Hannelore Müller gab den Eltern von Johann als Erste die Verlobung bekannt. Das sollte nun auch gebührend gefeiert werden. Die Mutter hatte gemischte Gefühle: Einerseits war es gut, dass die Beziehung Fortgang nahm, andererseits hatte sie Vorbehalte und mochte „diese Frau" einfach nicht. Obwohl schon drei Monate vergangen waren, hatte sie zu Hannelore Müller kaum Kontakt. Sie gingen sich beide aus dem Weg. Anders beurteilte der Vater die Lage. Er war froh, dass Johann nun eine Frau gefunden hatte. Sie war aus der Stadt und kannte das Denken und die Gepflogenheiten auf dem Lande eben nicht. Er mochte Hannelore und sie war zu ihm immer besonders nett. Also wurde eine Feier im Altenteiler-Haus vorbereitet. Eine reine Familienfeier.

„Da müssten doch auch von dir Angehörige eingeladen werden", meinte Anneliese Jäger, als sie zusammen mit Hannelore die Feier zu planen begann, „leben deine Eltern nicht mehr?" –

„Nein, beide sind schon lange verstorben. Ein Unfall vor vielen Jahren. Geschwister habe ich auch nicht. Also von meiner Seite kann niemand kommen." –

„Auch keine Großeltern oder Tanten?" wunderte sich die Mutter und ihre Zweifel an der Ehrlichkeit dieser Frau bekamen neue Nahrung.

„Nein, ich bin ganz allein." –

„WIr werden nur Maria und Benno dazu einladen. Die Skatbrüder von Johann passen nicht zu uns."

Die Feier sollte am Wochenende und zwar am Samstag stattfinden. Mit gemeinsamen Kaffeetrinken und danach ein Abendessen — geplant wurden Schweinebraten mit Kartoffeln und Rosenkohl - sollte die Feier wohl ein Erfolg werden.

*

Dann war es soweit. Zuerst kamen Maria und Benno, beide feierlich gekleidet. Maria hatte sich ein sehr langes weißes Kleid mit großen blauen Punkten angezogen und Benno zum weißen Hemd ein dunkelblaues Sakko. Beide hatten Geschenke dabei. Die Kaffeetafel war festlich gedeckt und wie immer waren alle Kuchen und Torten selbst gebacken. Das war der Mutter immer sehr wichtig. 16 Uhr war angesagt. Und tatsächlich auf die Sekunde erschien das Paar. Sie in einem ganz hellblauen Kleid mit Rüschenbesatz und Johann in seinem einzigen Anzug mit Krawatte. Sie begrüßte alle überschwänglich, gab

Arnold Jäger sogar einen Kuss und dirigierte Johann auf die vorgesehenen Plätze, deren Gedecke besonders geschmückt waren. Johann schwieg wie immer und man hätte denken können, dass er von der Feier überhaupt nicht betroffen sei.

„Zeig auch deinen Ring!" forderte Hannelore ihn auf. Johann hielt seine Hand hoch und ein schmaler goldener Ring war zu sehen.

Bevor der Kuchen gereicht wurde, schenkte der Vater allen ein Glas Sekt ein. Stehend beglückwünschten sie das Verlobungspaar. Dann gab es reichlich von dem selbst gebackenen Kuchen. Und die Geschenke wurden ausgepackt. Von den Eltern gab es einen Reisegutschein für ein Hotel an der Nordsee. Maria und Benno schenkten ein Sortiment schöner Tischwäsche. Hannelore bedankte sich freudig und Johann sah etwas betreten in die Runde und bekam mit Mühe ein „Danke" heraus.

Nach dem Kaffee gab es mehrmals eine Runde vom berühmten Hamburger Kümmel *Helbing*. Die Runde wurde immer lustiger. So mancher Witz wurde erzählt, auch lustige Begebenheiten. Punkt 18 Uhr wie es auf dem Lande üblich war, wurde das Abendessen aufgetragen. Dazu gab es Bier oder Wein nach Wunsch. Und am Ende natürlich wieder einen *Helbing*. Draußen wurde es langsam dunkel. Die Feierrunde blieb fröhlich und ausgelassen. Nur Johann blieb ruhig, lachte zwar über den einen oder anderen Witz, beteiligte sich aber kaum an den Gesprächen.

Eine Stunde später hatte Arnold Jäger zum wiederholten Male das Bedürfnis, draußen eine Zigarette zu rauchen. Er stand dann immer am Hinterausgang, der von der Küche nach draußen auf den Hof führte. Drinnen war das Rauchen streng von der Mutter untersagt.

„Ich komme mit!" rief Hannelore diesmal und stand ebenfalls auf.

Beide gingen durch den Hinterausgang ins Freie. Die Raucherpause dauerte diesmal etwas länger. Die Mutter schaute einmal schon auf die Uhr. Dann kam Hannelore allein zurück und hielt sich etwas gekrümmt den Bauch.

„Ich habe wohl zu viel gegessen. Ich dachte schon, dass ich vom Klo nicht zurückkomme." Sie lachte dabei und setzte sich auf ihren Platz. Nach weiteren Minuten fragte die Mutter:

„Wo bleibt denn Arnold? Ihr seid doch zusammen raus!" –

„Ja, das stimmt. Ich musste aber sofort aufs WC. Arnold ist dann doch allein raus um zu rauchen." –

„Manchmal läuft er eine kleine Runde über den Hof, um sich die Beine zu vertreten", meinte Benno und nahm sich eine weitere Flasche Bier vom Tisch. Nach weiteren Minuten wurde die Mutter unruhig. Er wollte doch nur eine Zigarette rauchen. Nicht, dass was passiert ist. Sie stand auf und ging nun fast unauffällig aus dem Zimmer und alle dachten, dass sie wohl noch etwas aus der Küche holen würde. Benno erzählte gerade eine längere Geschichte, die er im Ausland vor Jahren erlebt hatte. Bevor er seine Geschichte zu Ende erzählen konnte erschien die Mutter leichenblass in der Tür und stützte sich an der Türzarge:

„Arnold ist tot!" rief sie tonlos aus.

Alle erschraken heftig und sahen sie an. Benno sprang zuerst vom Platz auf und folgte der Mutter nach draußen. Johann und Maria folgten mit Abstand. Hannelore ging zuletzt und blieb am Hinterausgang stehen. Alle anderen stiegen die kleine Treppe zur hölzernen Plattform am Güllebehälter hoch und sahen Arnold Jäger mit dem Rücken oben in der Gülle liegen. Er rührte sich nicht. Der Kopf war tief in der Gülleflüssigkeit eingetaucht. Die Mutter begann laut zu weinen und wurde von Benno und Maria gestützt. Johann sah geschockt zum Vater und kam nur langsam zurück. Im Haus setzten Benno und Maria die Mutter in einen Sessel und standen sprachlos da. Was war passiert? War er hineingefallen? Wurde ihm schwindelig vom Alkohol? Warum ging er dort auf diese erhöhte Plattform? Dort stinkt es doch von der Gülle. Die Feier war schlagartig zu Ende. Benno rief nun die Polizei und den Hausarzt.

„Polizei? Warum Polizei?" fragte Hannelore.

„Müssen wir machen. Wir wissen doch nicht, wer oder was da draußen war!" erwiderte Benno.

„Wer soll denn da gewesen sein? Meinst du, dass ihn jemand hineingestoßen hat?" fragte nun Maria.

Die Mutter bekam erneut einen Weinkrampf. Sie saß gekrümmt in einen der Sessel. Maria sah besorgt zu ihr hin und begann dann, den Tisch abzuräumen. Hannelore und Johann halfen dabei. Alle schwiegen und setzten sich dann wie erschöpft auf ihre Plätze.

Die Polizei von der Station im Dorf kam zuerst. Polizeihauptmeister Thomas Timmermann begrüßte alle knapp und ging sofort mit Benno zum Güllebehälter. Sie nahmen eine Harke und fischten die Leiche gemeinsam an den Rand. Dann zogen sie Arnold Jäger an der Jacke mit Mühe aus dem Behälter und legten ihn auf die hölzerne Plattform. Die Gülle floss von ihm und verteilte sich auch auf der Plattform. Es stank bestialisch.

„Wir müssen die Spurensicherung holen!" verkündete der Polizeihauptmeister und nahm schon sein Handy zur Hand. Die zuständige Kriminalpolizei mit den Kollegen der Spurensicherung musste ganz aus Pinneberg kommen. Bis sie eintrafen, sicherte die örtliche Polizei den Ort ab. Alles sah nach einem tragischen Unfall aus. Die Feier mit Alkohol konnte schon bei dem alten

Mann zu Schwindel führen. Außerdem war ja nur Familie in der Nähe. Wer sollte sonst hier gewesen sein? Thomas Timmermann machte sich viele Notizen von den Aussagen der Familie und schloss vorläufig ein Fremdverschulden aus. Dann traf der Hausarzt Dr. Falter ein. Er kannte den Gesundheitszustand von Arnold Jäger seit vielen Jahren. Zu hoher Blutdruck, das Herz war schwach geworden und viele weitere Probleme. Da konnte Arnold Jäger schon mit einem Schwindelanfall hineingefallen sein. Nach etwa einer Stunde trafen der zuständige Kommissar und seine Leute ein. Kommissar Torge Vogel aus Pinneberg war schlecht gelaunt. Am Samstagabend konnte er sich auch Schöneres vorstellen, als eine Leiche in der Gülle. Die Spurensicherung machte sich an die Arbeit. Die Polizeibeamten und der Hausarzt legten die Leiche in einen sargähnlichen Metallbehälter und verluden ihn in einen der Polizeifahrzeuge.

„Sind sie alle bereit, jetzt förmlich auszusagen? Dann sparen wir uns ein Treffen in Pinneberg." Der Kommissar wollte den Fall an Ort und Stelle möglichst klären. Es deutete ja alles auf ein Unglück hin. Alle stimmten zu.

„Wer hat den Toten zuletzt gesehen?" fragte er in die Runde.

Hannelore Müller meldete sich und der Kommissar bat sie in das von der Mutter zur Verfügung gestellten Gästezimmer. Er hatte ein Aufnahmegerät dabei und einen Drucker.

Hannelore Müller gab ihre Personalien bekannt, aber als Wohnort Radesdorf, Hauptstraße 30, also die Wohnung von Johann.

„Es war etwa 20 Uhr. Arnold, also der Tote, wollte eine Zigarette draußen rauchen. Ich bin bei der Gelegenheit mit ihm gegangen, um frische Luft zu atmen. Aber draußen wurde mir schlecht. Ich bin dann wieder ins Haus aufs WC, das auch hinten am Ausgang ist. Danach bin ich zu den anderen ins Wohnzimmer gegangen." –

„Wie lange waren sie vom Wohnzimmer weg?" –

„Das waren höchstens 5 Minuten."

Jetzt bat der Kommissar Benno Baufeld zur Anhörung. Der erklärte:

„Es kann so 20 Uhr gewesen sein. Mein Schwiegervater wollte draußen rauchen und Hannelore ist mit ihm gegangen. Ja, es können 20 Minuten gewesen sein, bis Frau Müller zurückkam."

Danach war Maria Baufeld dran und der Kommissar fragte:

„Wie lange waren die draußen?" –

„Oh, das ist schwer zu sagen. Das war schon eine längere Zeit bis Frau Müller wieder allein zurückkam, vielleicht 15 Minuten."

Maria Baufeld erklärte auf Nachfrage noch einmal:

„Die war bestimmt so 10 bis 15 Minuten draußen."

Johann wurde auch befragt.

„Ich weiß nicht. Ich hatte schon so viel getrunken und gar nicht bemerkt, dass beide zusammen rausgingen."

Schließlich die Mutter, die sich nur mühsam beherrschen konnte und immer wieder ein Papiertaschentuch zückte.

„Die hat ihn reingestoßen. Da bin ich sicher!" Zum ersten Mal kam dieser Vorwurf aus ihrem Mund. „Arnold geht doch nicht zum Rauchen an den Güllebehälter." –

„Haben sie das gesehen oder gehört?" Der Kommissar war selbst überrascht von der Aussage.

„Nein, aber sie will den Hof! Diese Frau ist falsch und ich trau ihr alles zu." –

„Wie lange war sie vom Tisch weg?" –

„Bestimmt 20 Minuten, wenn nicht noch länger! Ich hatte schon auf die Uhr gesehen, weil mir das komisch vorkam. So lange ist Arnold nie zum Rauchen draußen gewesen und schon gar nicht, wenn Gäste da sind."

Der Kommissar ließ alle Aussagen ausdrucken und unterschreiben. Sein Vermerk war klar. Kein ernsthafter Verdacht trotz der Anschuldigung seitens der Frau Anneliese Jäger. Fremdverschulden nicht erkennbar. Die Obduktion ist noch abzuwarten. Die Spurensicherung und der Kommissar verließen dann den Ort, auch der Hausarzt verabschiedete sich. Maria blieb bei ihrer Mutter. Hannelore Müller spürte aber deutlich, dass die Mutter sie verdächtigte. Sie und Johann gingen über den Hof in ihre Wohnung. Johann konnte es immer noch nicht richtig fassen, dass sein Vater tot war. Immer wieder ging ihm die Frage durch den Kopf, ob

Hannelore damit etwas zu tun hatte. Er schwieg aber und wollte nichts mit seiner Verlobten bereden.

*

Eine Woche später:

Die Obduktion des Toten ergab keine Hinweise auf Fremdeinwirkung. Der Tot war durch Ersticken in der Gülle eingetreten. Die Leiche konnte dann freigegeben werden. Die Familie organisierte rasch die Beerdigung. Hannelore Müller stand am Grab abseits. Die Familie wollte mit ihr nichts mehr zu tun haben. Inzwischen hatten auch Maria und Benno den Verdacht, dass Arnold Jäger in die Gülle gestoßen wurde. Johann war hin- und hergerissen. Seine Trauer war groß und der Konflikt zu seiner Verlobten belastete ihn sehr. Er war außerstande, sich dazu zu äußern und schwieg. Seine latente Depression verstärkte sich jetzt. Maria, Johanns Schwester, blieb nach der Beerdigung noch weiter bei ihrer Mutter, die kaum zu trösten war.

Am Tag darauf frühstückten Anneliese Jäger und ihre Tochter Maria zusammen. Es war schon 9 Uhr.

„Die war das! Das weiß ich!" sagte die Mutter immer wieder.

„Aber wir können ihr nichts beweisen, Mutter!" erwiderte Maria und ergänzte: „Und die Polizei wird auch nicht weiter ermitteln. Für die ist alles klar. Es war ein Unfall."

„Du kennst doch diese Frau aus Hamburg, deren Mann ein Privatdetektiv ist. Hast du da noch Kontakt?" fragte die Mutter nun.

„Ja, das ist Karin Sommer. Mit ihr war ich auf einem Trainerseminar für Fitnesskurse. Wir kennen uns gut. Wir telefonieren manchmal." –

„Ich gebe mein Erspartes dafür, dass diese Sache aufgeklärt und ermittelt wird! Mit dieser Frau stimmt was nicht. Bis heute haben wir keine Adresse von ihr in Hamburg. Angeblich hat sie überhaupt keine Angehörigen. Ich glaube ihr das alles nicht! Von Anfang an kam mir diese Frau falsch vor." –

„Soll ich mit Karin mal sprechen?" –

„Ja, ich will dass ihr Mann – der ist doch Detektiv, oder? – die Sache in die Hand nimmt!" Die Mutter war jetzt absolut entschlossen.

„Gut, ich rufe sie an."

Nach dem Frühstück blieb Maria weiter bei ihrer Mutter. Sie nahm telefonisch von ihrem Arbeitgeber – ein Sportverein mit Muckibude - für drei Tage Urlaub. Dann rief sie Karin Sommer an:

„Hi Karin, hier ist Maria aus Radesdorf!" begann sie und Karin wusste sofort, wer es ist. Sie hatten schon seit fast einem Jahr keinen Kontakt. Aber Karin fand Maria von Anfang an sympathisch und hätte sich sogar mehr Kontakt gewünscht. Maria erzählte ihr, was vorgefallen war und vermittelte den Auftrag an Tobias Alff.

„Besser ist, wenn wir uns in Hamburg treffen sozusagen auf neutralen Boden – mit deiner Mutter!" sagte Karin ihr und schlug *Lindner Park-Hotel* bei Hagenbeck vor, das gut von Radesdorf zu erreichen war. Das sollte gleich am übernächsten Tag um 10 Uhr erfolgen.

*

„Wir können hier im Dorf auf keinen Fall unsere Ehe schließen", sagte Hannelore Müller morgens beim Frühstück zu Johann Jäger, „alle sind gegen uns!"

„Aber wir wollen doch so schnell wie möglich heiraten!" erwiderte er und stellte den Kaffeebecher geräuschvoll auf die Untertasse. Hannelore Müller hatte ihn soweit. Nach der Verlobung sollte keine unnötige Zeit vergehen. Sie hatte schon alle notwendigen Urkunden zusammengesucht. Und Johann war bereit. Sein Vater war gestorben. Er war jetzt Hoferbe. Alles gehörte ihm. Er vertraute seiner Verlobten, wenn ihm auch immer wieder Zweifel plagten. Aber der Hof brauchte jetzt eine Frau, die richtig zupacken kann und auch die Buchhaltung versteht. Auf was sollte er noch warten?

„Ich habe unsere Eheschließung vor einigen Tagen organisiert. Wir werden in Dänemark heiraten! Das ist weit weg und weniger bürokratisch. Wenn wir zurückkommen, sind wir verheiratet und müssen hier niemanden fragen. Und eine Feier mit Familie wird sowieso nicht möglich sein."

Hannelore Müller hatte alles perfekt geplant. Sie stellte Johann häufig vor vollendeten Tatsachen. Überhaupt hatte sie das Zepter in der Hand. Sie bestimmte fast alles und Johann war eine gewisse Bevormundung schon von seinem Vater her gewohnt. Auch die Frage der Schweinehaltung stand schon auf dem

Plan. Sie hatte umfangreiche Pläne zu Papier gebracht und wollte das aber erst nach der Eheschließung mit Johann beraten. Von den Heiratsplänen war Johann sofort überzeugt. An eine traditionelle Hochzeit mit Familie war nach all den Vorfällen nicht zu denken. Beide packten schon ihre Koffer für die Reise. Ein verlängertes Wochenende war eingeplant mit Hotelübernachtung an der Nordsee. Kurt Valentin wurde angewiesen, für die nächsten Tage allein den Hof zu versorgen.

*

Im *Lindner Park-Hotel Hagenbeck* in Hamburg trafen sich pünktlich um 10 Uhr Tobias Alff mit Karin und Anneliese Jäger mit ihrer Tochter Maria. Sie setzten sich in eine ruhige Ecke und bestellten Kaffee, Tobias Alff auch ein belegtes Brötchen. Dann erzählte Anneliese Jäger ein wenig aufgeregt und Maria ergänzte zwischendurch, was genau passiert war. Klar wurde, dass aus diesem Sachverhalt eine Anschuldigung bezüglich dieser Hannelore rechtlich ohne Substanz war. Das machte Tobias beiden deutlich. Aber dass Hannelore Müller offenbar länger draußen war als sie selbst behauptet hatte, war schon seltsam. Frau Jäger gab nun alle Daten der Frau Hannelore Müller bekannt. Tobias notierte alles.

„Ja, wir werden diese Dame mal observieren!" sagte er mit hochgezogenen Augenbrauen und: „Dann werden wir ihre Wohnung in Hamburg, ihre Arbeitsstelle und weitere private Orte schnell feststellen können. Das wird aber ein wenig dauern." –

„Da bin ich richtig gespannt!" erwiderte Frau Jäger.

„Wie kam es überhaupt zum Kennenlernen der beiden?" wollte Karin von Frau Jäger genauer wissen.

„Wir hatten uns schon lange Sorgen gemacht, dass Johann keine Frau findet. Dann wurde uns von unserem langjährigen Versicherungsvertreter erzählt, dass es jeden zweiten Samstag in einem Dorfkrug südlich von Hamburg eine Tanzveranstaltung gibt ausdrücklich für Bauern, die eine Frau suchen. Er hat dann die Verbindung hergestellt und der Wirt rief auch mehrmals an, um uns den nächsten Termin mitzuteilen. Dann hat mein Mann Johann überredet und beide sind dann tatsächlich dahin gefahren und Johann hat diese Frau dort kennengelernt."

Tobias und Karin sahen sich vielsagend an. Diese Örtlichkeit kannten sie schon.

„Bitte, bleiben sie gegenüber Frau Müller zurückhaltend. Besser ist, wenn sie glaubt, dass ihr Verdacht nur ein Affekt an dem Abend war. Wiegen sie sie in Sicherheit. Das hilft uns." Tobias Alff begründete dies noch eindringlich, weil dann ihre Arbeit unauffälliger sein würde.

„Oh, das wird mir schwerfallen." –

„Unsere Arbeit können wir aber nicht unentgeltlich machen!" mischte sich Karin wieder ein und verwies darauf, dass Tobias als Privat-Detektiv seinen Lebensunterhalt verdienen muss. Und sie ergänzte, dass so mancher Auftrag sogar gefährlich wird.

„Natürlich! Ich zahle alles!" gab Frau Jäger sofort zurück.

Karin schob ihr ein Formular zu. Auftrag, vorläufiger Zeitraum von einem Monat und das Honorar von 800 Euro waren da schon vorgegeben. Frau Jäger unterschrieb und bekam eine Durchschrift mit. Maria nahm die Durchschrift an sich und nahm dann ihr Smartphone aus der Handtasche.

„Hier habe ich Fotos von der Feier. Ich schicke die mal an Dich." Im Nu waren diverse Fotos auf Karins Smartphone angekommen. Maria beugte sich dann zu ihr und zeigte, wer wer war. Da erkannte Karin Hannelore Müller auf dem Foto, obwohl sie sich eine andere Frisur und

Haarfarbe zugelegt hatte. Schon der Name kam ihr bekannt vor. Sie kam nur nicht gleich darauf. Das war die Frau, die ihren Mandanten Anton Brüggen angeblich heiraten wollte und von Tobias und Karin observiert wurde. Jetzt wurde der Fall interessant. Allerdings ließen sie das noch unerwähnt. Danach verabschiedeten sich alle.

„Wir überweisen sofort." Maria bedankte sich und Frau Jäger war sichtlich erleichtert, dass jemand die Sache in die Hand nahm. Sie vertraute ihrem Bauchgefühl.

Für den Detektiv und seiner Partnerin schien der Fall sich mit einem früheren Auftrag zu verbinden. Das war die Frau, die sie schon beobachtet hatten. Und die Tanzveranstaltung in Neuenfelde passte wieder dazu. Jetzt wurde beiden klar, dass hier nicht der Zufall am Werke war, sondern alles geplant sein musste. Kaum war das mit Anton Brüggen gescheitert, hatte sie oder dieser

Versicherungsmakler ein neues Opfer ausgesucht.

*

Eine Woche später:

Noch bevor Tobias und Karin mit der Observation begannen, erhielten sie von Maria die Auskunft, dass die Müller und Johann in Dänemark die Ehe geschlossen hatten. Sie waren gerade von der Reise zurückgekommen und hatten Kopien der Heiratsurkunde in den Briefkasten gesteckt. Und jetzt ist die Frau auch sofort weggefahren, wahrscheinlich wie immer für einige Tage nach Hamburg. Tobias wartete nun. Sie konnten mit der Beobachtung erst beginnen, wenn diese Frau wieder in Radesdorf war. Also warteten sie auf die Mitteilung von Maria.

5 Tage später kam Hannelore Müller nach Radesdorf zurück. Als erstes trieb sie Johann an, sich mit der Sterbeurkunde seines Vaters um die

Eröffnung des Testaments zu kümmern. Mit der Sterbeurkunde in der Hand beantragte Johann in Begleitung von Hannelore beim Nachlassgericht in Pinneberg die Eröffnung des notariellen Testaments. Den Inhalt kannten sie ja schon, weil es eine Abschrift gab. Aber jetzt war es soweit: Johann war Alleinerbe und der Hof war nun seiner. Die Grundbuchumschreibung wurde veranlasst.

„Ich werde deine Mutter nicht wieder besuchen!" kündigte Hannelore gegenüber Johann an. „Diese Verdächtigung ist schon ein starkes Stück!"

„Das hat die doch nicht so gemeint!" gab Johann zu bedenken. Ihm war es unangenehm. Er konnte Konflikte nicht ertragen. Er wusste nicht damit umzugehen.

„Die mochte mich von Anfang an nicht. Dein Vater war mir gegenüber viel freundlicher. Der mochte mich. Aber jetzt will ich deine Mutter auch hier in unserer Wohnung nicht mehr haben." –

„Aber sie macht doch nur die Wäsche", brachte Johann vor, „und macht sauber."

„Ich will es aber nicht mehr!" bestimmte Hannelore laut. Johann schwieg.

Johann war durch den Tod seines Vaters stark belastet. Er trauerte. Und immer wieder kamen ihm auch die Tränen. Sie verstanden sich immer gut. Der Vater half nicht nur, er führte mit Johann zusammen mit nur vorsichtiger Bevormundung den ganzen Betrieb. Und Johann war froh und fühlte sich sicherer. Jetzt verging kein Abend, an dem nicht Hannelore über seine Mutter schimpfte. Hinterher saß sie in dem kleinen Büro und ordnete alle möglichen Papiere und Urkunden. Johann war froh, wenn er im Schweinestall in Ruhe arbeiten konnte. Kurt, sein Mieter, war auch sehr wortkarg und so arbeiteten beide routinemäßig fast wortlos zusammen. Das war total entspannend. Aber schon zum Abendessen ging das Gerede von Hannelore los. Sie war dabei oft laut. Johann fügte sich immer mehr ihrer dominanten Art. Er wusste sich nicht zu wehren. Als sie schon nach zwei Tagen wieder nach Hamburg fahren wollte, war Johann insgeheim froh.

*

Tobias Alff stand nun schon zwei Tage unverrichteter Dinge mit seinem alten Ford Mondeo in der Nähe des Hofes in Radesdorf. Außer Einkaufsfahrten zum Supermarkt gab es keine Bewegung der Hannelore Müller. Aber jetzt am dritten Tag sah Tobias, dass Frau Müller ihren roten Mini mit einer Reisetasche belud. Sie trug eine enge Jeans, einen grünen Pullover und High Heels. Kurz darauf fuhr sie los in Richtung Hamburg. Tobias Alff folgte mit Abstand. Die Fahrt ging in Hamburg nach Eppendorf. Von dort fuhr sie in die Gärtnerstraße und hielt auf dem Seitenstreifen vor einem Maklerbüro. „Hamburg-Immobilien

Trautmann" stand in Leuchtschrift über den Eingang. Sie stieg aus, ließ aber ihre Reisetasche im Auto und ging zügig in das Büro. Tobias Alff parkte kurz hinter dem Mini. Er stieg aus und ging langsam zum Büro. Im Fenster waren diverse Immobilien angepriesen. Er sah dabei in das Büro hinein und ein großer schlanker Mann mit dunklem Jackett und Krawatte saß hinter einen Schreibtisch. Er erkannte ihn wieder. Das war der Mann, der von ihm im Fall Brüggen fotografiert wurde. Weiter hinten sortierte eine junge Angestellte mit asiatischen Aussehen Mappen in eine Regalwand. Hannelore Müller war nach hinten im Gebäude verschwunden. Tobias machte heimlich Fotos mit seinem Smartphone und wartete im Ford auf weitere Aktivitäten.

Stundenlang tat sich nichts. Tobias Alff holte sich zwischendurch von einem Bäcker, der einige Häuser weiter war, belegte Brötchen und einen Café to go. Dann bei Einbruch der Dunkelheit kam ein schwarzer MB E-Klasse aus der schmalen Einfahrt neben dem Bürogebäude heraus. Der Makler und Hannelore Müller saßen im Auto. Tobias Alff folgte ihnen. Die Fahrt ging durch den dichten Berufsverkehr nach Wedel. Oberhalb der Schiffsbegrüßung endete die Fahrt in der Schillerstraße. Ein hohes Eisentor öffnete sich automatisch und der Benz bog in die Einfahrt ein. Hinten sah Tobias eine weiße moderne Villa im Bauhausstil. Als das Tor wieder schloss, stieg Tobias aus und näherte sich dem Eingang. Das große Schild in gebürsteten Messing verriet den Namen des Bewohners: Peter Trautmann. Tobias fotografierte alles. Vom Tor aus konnte man einen gepflegten Garten sehen, eine längere Auffahrt und am Ende die Villa. Inzwischen ging Licht hinter mehreren großen Fenstern an. Mit dem Fernglas konnte Tobias beide erkennen. Er holte aus dem Wagen seine neue Fuji-Kamera mit Teleobjektiv und konnte immerhin zwei eindeutige Fotos machen, auf denen beide gut zu erkennen waren.

Jetzt fuhr Tobias nach Hause. Seine Partnerin war schon seit zwei Stunden dort und saß bereits im Nachthemd gemütlich in einen Sessel. Sie hatte eine Flasche Rotwein geöffnet, einen spanischen Rioja, den beide gern tranken. Für Tobias hatte sie ein Glas hingestellt. Er setzte sich zu ihr in den zweiten Sessel und gab ihr die ersten Erkenntnisse bekannt.

Karin nahm ihr Laptop und beide schauten dann im Internet nach. Das Immobiliengeschäft Trautmann hatte eine gute Internetpräsenz. Es gab auffallend viele Immobilien rund um Hamburg im Angebot. Allerdings war auf keinem der Bilder seiner Webseite Hannelore Müller zu sehen. Hannelore Müller war auch in den üblichen Suchmaschinen nirgends zu finden. War das überhaupt ihr richtiger Name? Im Fall Brüggen führte sie auch diesen

Namen. Auch damals fanden sie im Internet nichts über diese Frau.

„Wir können versuchen, die Immobilienangebote im Schaufenster näher zu ermitteln. Sie soll ja verwitwet sein. Vielleicht ist eine Immobilie, vor allem Landbesitz weiterführend." Karin vergrößerte die Fotos, die Tobias von den Angeboten im Fenster gemacht hatte im PC. Nur wenige waren mit einer näheren Lagebezeichnung versehen.

„Wir müssen uns für einige landwirtschaftliche Immobilien interessieren!" schlug Tobias vor. „Dann erhalten wir nähere Informationen und können vor Ort ermitteln. Die Frau wird sicher auch vor der Sache mit Anton Brüggen schon aktiv gewesen sein und vielleicht mit Erfolg."

Beide genossen dann den Abend mit Rotwein und wurden so müde, dass sie dem Schlaf Vorzug vor einer von Karin vorgesehenen erotischen Anstrengung gaben.

*

Am nächsten Tag fuhren beide um 10 Uhr ins Büro. Karin schaute sich immer wieder die fotografierten Angebote auf dem PC an. Gemeinsam stellten sie sich viele Fragen: Wie kam diese Frau, wenn sie denn unlautere Absichten hatte, an einen Bauern mit Grundvermögen? Da gab es zum einen diese regelmäßigen Tanzveranstaltungen etwa nach dem Motto Bauer sucht Frau. Da wurde im Vorfeld wohl vieles organisiert und der Versicherungsmakler, von dem auch Anneliese Jäger sprach, wird da eine Rolle spielen. Der hatte ja Kontakt zu seinen Kunden, die wohl hauptsächlich Landwirte waren. Vielleicht war sie auch früher schon hinter landwirtschaftlichen Vermögen her. Der Fall Brüggen sprach dafür.

Karin saß am Schreibtisch und vervollständigte die Dokumentation der bisherigen Ergebnisse und die

Vermutungen, denen sie noch nachgehen wollten. Tobias vergrößerte die Fotos im PC noch mehr als bisher und tatsächlich fand er zwei Angebote von landwirtschaftlichen Grundstücken des Maklers. Einmal Ländereien mit Wiesen, geeignet für Pferdehaltung, attraktiven Gebäuden und mit Bauerwartungsland. Das andere Angebot war ähnlich, aber ein schönes Gebäude stand unter Denkmalschutz, war also schwer zu vermakeln.

„Wir werden uns dort mal als Interessierte dieser beiden Angebote ausgeben", schlug Karin vor und schaute sich die Angebote auch an, „wenn wir mehr wissen, kann uns unser Notar Burgenhausen helfen und die Eigentumsverhältnisse im Grundbuch feststellen."

Tobias fand den Vorschlag gut und plante nun, als Interessierter noch am selben Tag dort allein vorstellig zu werden.

Kurz vor 12 Uhr fuhr er los. Karin hatte noch einen Kurs in ihrem Fitnessclub zu geben. Außerdem war sie mit ihrem Patenkind Tina verabredet. So fuhr sie mit ihrem Golf gleichzeitig in eine andere Richtung weg. Vom Büro in der Dorotheenstraße bis zur Gärtnerstraße dauerte die Fahrt 20 Minuten. Viel Verkehr und dauernd Rot an den Ampeln hielten ihn auf. Tobias hatte sich geschäftsmäßig angezogen: Weißes Hemd und ein schwarzes Jackett. Als er in das Maklerbüro eintrat, saß hinter einem weißen Schreibtisch die junge Frau, die er dort schon einmal gesehen hatte. Sie hatte schwarze lange Haare und sah ein wenig asiatisch aus. Sie sah auf jeden Fall sehr attraktiv aus. Sofort erhob sie sich vom Schreibtisch, strich ihr kurzes hellgelbes Kleid in Form und begrüßte den Kunden freundlich mit Handschlag.

„Mein Name ist Manja Hildebrandt. Was kann ich für sie tun?"

Sie bot Platz in einer Ecke des Raumes an. Dort standen bequeme Stühle mit gepolsterten Armlehnen um einen runden weißen Tisch herum. Genau gegenüber des Raumes stand eine sehr große Stellwand, an der viele Angebote hefteten, die auch im Fenster zu sehen waren.

„Ich suche im Randgebiet von Hamburg eine Art Resthof mit Ländereien. Mir geht es um die Möglichkeit, Pferde zu halten und um entsprechende Bebauung." –

„Da haben wir zwei schöne Angebote", flötete die junge Dame und ging eilig zu einer Regalwand. Sie kam mit zwei Mappen zurück. Beide Angebote waren jetzt umfangreicher und Kartenmaterial lag auch in der Mappe. Sie erläuterte die Bedingungen, die Vorteile und Möglichkeiten, insbesondere einer zusätzlichen Bebauung. Tobias sah sich beide Unterlagen genau an und bekundete grundsätzliches Interesse.

„Ich würde aber gern zuerst beide Objekte in Natur ansehen. Also noch keine Besichtigung, nur der äußere Eindruck. Wenn mir der äußere Rahmen zusagt, würde ich gern in einem zweiten Schritt eine Besichtigung mit Ihnen vereinbaren." –

„Gern! Nehmen Sie die beiden Mappen mit. Darin befinden sich auch Visitenkarten mit unseren Kontaktdaten. Wir sind immer für Sie da!"

Tobias stand auf, nahm beide Mappen an sich und verabschiedete sich freundlich. Er fuhr sofort ins Büro zurück und studierte die Unterlagen. Jetzt waren die Orte und sogar die Katasterangaben vorhanden. Tobias kopierte diese Angaben und faxte sie seinem Freund, dem Notar Dr. Jörg Burgenhausen in Hamburg zu. Telefonisch bat er ihn, Grundbuchauszüge und weitere rechtliche Infos zu ermitteln. Als Notar konnte er jede Grundbucheintragung feststellen und auch telefonisch noch nicht eingetragene Anträge auf der Geschäftsstelle des Grundbuchamtes erfragen. Mit dem Notar arbeitete Tobias schon lange zusammen. Er hatte für den Notar auch schon Ermittlungen übernommen. So halfen sie sich gern gegenseitig. Allerdings immer anonym und inoffiziell. Tobias Alff hoffte, dass sich über die rechtlichen Daten neue Erkenntnisse ergeben würden.

*

Zwei Tage später:

Hannelore Müller hatte mit Johann eine schöne erotische Nacht. Sie war die erfahrene Frau und wusste wie sie Johann Lust bereiten konnte. Johann ließ alles eher passiv, aber mit Lust über sich ergehen. Das geschah nun häufiger und Johann genoss es. Alles schien nun doch harmonischer zu werden. Johann war am Morgen froh, dass es keine Schimpfereien mehr über seine Mutter gab. Hannelore Müller versuchte nun vorsichtig, ihn mit gewissen

Zukunftsplanungen vertraut zu machen. Dafür war Harmonie wichtig. Durch den Tod des Vaters wurde Johann Alleinerbe, aber mit der Auflage, die Mutter im Altenteiler-Haus lebenslang mit dem Nötigsten zu versorgen. Dazu gehörte auch ein monatliches Taschengeld zur Ergänzung ihrer Rente in Höhe von 400 €. Das Testament fand Hannelore schon einige Tage vor dem tragischen Tod des Vaters in einer Schublade. Sie hatte tagsüber, wenn Johann draußen arbeitete, sein Büro durchsucht und auch Katasterkarten und alte Verträge gefunden. Sie hatte sich umfänglich informiert und bereitete die nächste Aktion vor.

„Lieber Johann! Wir müssen uns nun als Eheleute gegenseitig absichern. Du bist jetzt Alleinerbe geworden. Alles gehört dir! Wer so viel Vermögen hat, sollte immer ein Testament machen. Genau wie dein Vater solltest auch du alle Eventualitäten geregelt haben." –

„Ein Testament? Ich? Ich bin doch erst 48!" –

„Wie alt war dein Vater, als er sein Testament gemacht hatte?" –

„Ich glaube, er war Mitte 50", rätselte Johann.

„Er war 52!" sagte sie jetzt bestimmt. „Und er hatte klare Vorstellungen. Er hat von Anfang an dich als Erben vorgesehen. Das war wichtig." –

„Und was soll ich denn verfügen? Ich habe doch keine Kinder." –

„Eheleute wie wir setzen sich bis Kinder vorhanden sind sicherheitshalber gegenseitig zu Alleinerben ein. Das ist so üblich. Wir können uns ja von einem Notar beraten lassen."

Johann musste sich diese Überlegungen auch die nächste Zeit oft anhören und war schließlich bereit, mit ihr einen Notar aufzusuchen und sei es nur, damit endlich Ruhe ist. In Pinneberg residierte ein alter Notar, den die Familie und viele Bauern in der Umgebung gern aufsuchten. Das war Dr. Bernhard Lachmann in Pinneberg und er war auch Fachmann im Landwirtschaftsrecht, also bestens zur Beratung geeignet.

Aufgrund seiner Beratung und der ständigen Einflüsterung von Hannelore Müller wurden folgende letztwilligen Verfügungen beurkundet, die im Kern wie folgt lautete:

Wir, die Eheleute Johann und Hannelore Jäger (alle weiteren Personendaten folgten) setzen uns gegenseitig zu Alleinerbin ein.

Und bei dieser Gelegenheit überredete sie ihn – mit fachlicher Belehrung des Notars – auch eine Generalvollmacht beurkunden zu lassen. Der wesentliche Wortlaut:

Zur Generalbevollmächtigten setze ich meine Ehefrau Hannelore Jäger geborene

Müller ein. Die Vollmacht gilt auch über den Tod hinaus.

Johann war froh, dass das Thema erledigt war. Er mochte diese Art komplizierten Gespräche nicht. Er verschwendete keinen einzigen Gedanken mehr an diese Sache. Seine Lebensgefährtin fuhr nach dem Beurkundungstermin wieder für mehrere Tage nach Hamburg. Dass sie mit der Vollmacht bereits den Verkauf aller Schweine in die Wege leitete, wusste Johann zu diesen Zeitpunkt noch nicht. Johann war im Grunde froh, Ruhe zu haben und sich der gewohnten Arbeit unter Mithilfe des wortkargen Kurt zu widmen. Wenn die Frau in Hamburg war, versorgte die Mutter ihn, machte die Wäsche und redete immer wieder auf ihn ein, sich von dieser Frau scheiden zu lassen. Johann schwieg immer dazu. Er wollte jetzt seinen eigenen Weg gehen.

*

In der Dorotheenstraße in Hamburg sortierten Tobias Alff und seine Partnerin bei besten Frühlingswetter alle Unterlagen, die diesen Fall betrafen. Mittags waren sie zum Biergarten des *Rheinischen Hafens* an der Stadthausbrücke gefahren, um bei dem guten Wetter draußen etwas zu essen. Sie suchten sich dort einen sonnigen Platz und Tobias bestellte eine riesige Currywurst mit Pommes. Karin orderte einen rheinischen Sauerbraten. Nach dem Essen rief Tina, Karins Patenkind an. Sie war ganz aufgeregt und hatte heute im Fitnessclub ein internes kleines Turnier mit insgesamt 5 jungen Frauen bestritten. Sie trainierte seit fast einem Jahr in der Kickbox-Gruppe mit und war jetzt mit ihren 15 Jahren Zweite geworden.

„Super! Gratulation!" rief Karin ins Smartphone. „Und wer war wurde Erste?" –

„Petra wurde Erste. Aber sie hatte mich nur ganz knapp besiegt. Das nächste Mal werde ich Erste!" Tina war ganz begeistert.

„Wir haben gerade einen geheimnisvollen Fall zu lösen und sind hier im Rheinischen Hafen. Wir werden uns die nächsten Tage mal zusammentelefonieren." –

„Weiß Du was? Ich hätte große Lust, Euch dabei zu helfen. Was meinst Du?" fragte Tina auf einmal.

Karin überlegte kurz. Sie war ja erst 15, aber total selbstsicher und vernünftig. Vielleicht könnte sie tatsächlich ungefährliche Aufgaben erhalten.

„Da muss ich mit Tobias erst einmal nachdenken. Aber die Idee ist gut."

Beide verabschiedeten sich und Karin erzählte Tobias von der Idee. Er war nicht abgeneigt, aber sie war ja erst 15.

„Natürlich könnte sie Recherche am PC machen. Sie kann viel besser mit dem PC umgehen als wir. Gerade eine Hilfe im

Büro zur Recherche wäre durchaus eine gute Hilfe. Nur bezahlen können wir sie allenfalls sporadisch nach Auftragslage."

Auf dem Weg zurück ins Büro hofften sie, dass noch am Nachmittag die Ergebnisse vom Notar eingehen würden. Sie waren sehr darauf gespannt. Es wurde 14 Uhr als sie das Büro erreichten und vom Notar Burgenhausen waren tatsächlich mehrere Faxe angekommen. Er war immer schnell und hatte viel recherchiert. Beide ordneten die vielen Blätter und Karin heftete alles sorgfältig in eine Mappe ein. Dann sahen sich beide die Informationen gründlich an. Das Objekt mit den Wiesen und einem schönen Bauernhaus in der Randlage von Buxtehude war auf den Namen Hans Morgenroth eingetragen. Nach Auskunft der Geschäftsstelle des zuständigen Grundbuchamtes lag ein eröffnetes notarielles Testament vor. Alleinerbin ist eine gewisse Hannelore Müller. Der Notar lieferte auch die Anschriften der nächsten Angehörigen mit.

Das andere Objekt mit einem unter Denkmalschutz stehenden Gebäude war auf den Namen Fritz Storm eingetragen und lag kurz vor Uetersen in dem Dorf Haselau. Er ist schon vor vier Jahren verstorben. Alleinerbin gemäß notariellen Testament war auch hier eine Frau Hannelore Müller. Das Grundbuch war mit diversen Rechten in Abteilung II belastet, u. a. ein älteres Altenteilrecht und zwei Reallasten. Dadurch wird ein Verkauf erheblich erschwert. Jetzt bestätigte sich der Verdacht. Hannelore Müller war auf landwirtschaftliche Immobilien angesetzt und hier waren immerhin zwei Objekte in ihrem Eigentum gefallen. Aber wie starben die Eigentümer? Es gab nur die standardmäßigen Untersuchungen der Polizei und man fand keine Fremdeinwirkung. Waren es die sogenannten perfekten Morde?

Der Detektiv und seine Partnerin fuhren noch am selben Tag zu dem ersten Objekt in Buxtehude. Sie trafen um 16.30

Uhr bei herrlichen Sonnenschein im Mai dort ein. Das Haupthaus musste über eine kurze Allee und einem Kreisverkehr vor dem Eingang erreicht werden. Alles sah sehr vermögend aus. Die Stallungen und zwei Scheunen standen mit einem guten Abstand vom Haupthaus ein ganzes Stück dahinter. Mehrere Pferde liefen daneben auf einer großen Wiese. Tobias und Karin betätigten die Klingel an der schönen dunkelbraunen Eingangstür. Auf einem Messingschild stand der Name „Morgenroth". Dann öffnete eine Frau mit einer bunten Kittelschürze und einen Besen in der Hand die Tür. Sie war um die 50 und schien gerade Hausarbeit zu verrichten.

„Guten Tag! Mein Name ist Tobias Alff. Ich bin Privatdetektiv und das ist meine Partnerin Karin Sommer", begann Tobias, „wir würden gern mit einem der nächsten Angehörigen des verstorbenen Hans Morgenroth sprechen."

Die Frau musterte die beiden etwas misstrauisch, nickte nur und rief sehr derbe nach einer Bettina. Diese Bettina kam dann schnell von hinten. Eine Frau etwa Mitte 40, schlank, mit grüner Reiterhose und schwarzer selbstgestrickter Jacke mit Zopfmuster kam zur Tür. Sie hatte sehr kurze blonde Haare und ein herbes Gesicht.

„Ja bitte, worum geht es?" –

„Wir ermitteln zum Tod mehrerer Männer, deren Alleinerbin immer eine gewisse Hannelore Müller geworden ist", erklärte Tobias sofort und übergab eine Visitenkarte.

„Kommen Sie herein!" Die Frau wurde nachdenklich und neugierig.

Tobias und Karin betraten eine große Diele. Riesige Schränke, Geweihe an den Wänden, ein großer offener Kamin und grobe, aber wertvolle Stühle mit grünem Lederbezug standen um einen großen Holztisch. Ein brauner Jagdhund lag vor dem Kamin auf einer grauen Decke, blieb aber auf Handzeichen dort liegen.

Tobias erläuterte seinen Auftrag und dass Zweifel an dem angeblich tragische Unfalltod bestehen. Jetzt würden zwei frühere Fälle ermittelt. Einer betrifft dieses Anwesen, bzw. den Tod von Hans Morgenroth. Die Frau mit dem Namen Bettina schickte die Haushaltshilfe aus der Diele mit dem Auftrag, für alle Kaffee zu machen. Dann begann sie zu erzählen:

„Hans Morgenroth ist mein Halbbruder gewesen. Ihm wurde schon vor vielen Jahren das gesamte Anwesen von seinen Eltern überschrieben. Aber er fand einfach keine Frau, obwohl er einige Affären hatte. Als er mehrere abgeteilte Grundstücke als Bauland verkaufen wollte, kam er mit einem Makler in Hamburg ins Gespräch. Der riet ihm dringend für Nachkommen zu sorgen, sonst wäre er bald nicht mehr kreditwürdig. Das hatte ihn auch unser langjähriger Versicherungsvertreter dringend geraten. Er sollte sich nach einer Frau umsehen und gab den Tipp mit der Tanzveranstaltung, wo angeblich Frauen einen Bauern suchen. Als dann sogar von dem Gasthof Werbung kam, versuchte mein Bruder es dann mit dieser bekannten Tanzveranstaltung nach dem Motto Bauer sucht Frau und lernte dort Frau Müller kennen. Die beiden wurden schnell ein Paar. Schon nach einem halben Jahr heirateten beide. Die Frau wollte aber ihren Mädchennamen behalten. Wir waren alle in der Familie froh. Viele meinten aber, dass es diese Frau nur auf die Versorgung und das Geld meines Bruders abgesehen hatte." –

„Wie kam dieser Verdacht auf?" fragte Karin dazwischen.

„Sie war z. B. immer wieder für mehrere Tage weg, angeblich in Hamburg, um private Dinge zu erledigen. Meinen Bruder umgarnte sie so auffällig, dass es für mich unnatürlich wirkte. Aber er war ihr geradezu verfallen." -

„Und wie kam es zum Tod Ihres Bruders?" –

„Mein Bruder war begeisterter Segler. Er hatte in dem kleinen Hafen hier ein Segelboot. Auf der Elbe kenterten beide mit dem Boot und Hans ertrank. Sie konnte sich an Land retten. Das einzige was uns zu denken gab war, dass Hans ein guter Schwimmer war. Er war aber körperlich nicht mehr so gesund. Vielleicht war auch sein Alter – er war 62 – der Grund, ein Krampf im kalten Wasser oder die Strömung trieb ihn immer wieder zurück. Die Polizei fand keine Hinweise auf Fremdeinwirkung. Uns ging natürlich auch diese Frau durch den Kopf als wir erfuhren, dass sie erst zwei Wochen davor als Alleinerbin von Hans eingesetzt war."

Die Haushaltshilfe brachte eine Kanne mit Kaffee und Geschirr. Teller und Tassen hatten Jagdmotive als Muster. Es wurden auch noch Kekse hingestellt. Bettina Morgenroth schenkte nun ihren Gästen Kaffee ein.

„Und nun will die Erbin alles verkaufen", ergänzte Karin, „wir haben beim Makler in Hamburg das Angebot gesehen. War das auch der Makler für die Baugebiete hier?" –

„Ja, ein gewisser Trautmann. Heute denke ich, dass das abgesprochen und geplant war. Aber dafür gibt es keine Beweise. Oder haben Sie nun mehr gefunden?" –

„Und Sie müssen jetzt Miete zahlen?" _

„Ja, und nicht zu wenig. Aber wir wollen das Anwesen nicht verkommen lassen und überlegen sogar, alles zu kaufen. Wir stehen mit unserer Hausbank in Finanzierungsverhandlungen." –

„Gab es noch Auffälligkeiten bei dieser Frau Müller, die sie jetzt im Nachhinein seltsam finden?" –

„Also wie schon gesagt, war sie immer einige Tage in der Woche in Hamburg. Keiner wusste wo dort. Über ihre Vergangenheit schwieg sie oder wich aus. Hans war aber ganz verliebt und glücklich. Und alle fanden es seltsam, dass sie als Alleinerbin nicht hier geblieben ist, obwohl sie das ganze Anwesen angeblich so toll fand und mit Hans hier alt werden wollte. Nach seinem Tod war sie wie verwandelt, nur noch geschäftsmäßig und spielte sich als Herrin auf. Mich hatte sie sogar in einem Streit massiv bedroht."

„Können Sie sich vorstellen, dass sie Hans in der Elbe ertränkt hat?" fragte Karin jetzt.

Die Halbschwester überlegte, trank einen Schluck Kaffee und hob die Augenbrauen kurz:

„Hans war ja schon von der Arbeit hier ein kräftiger Mann. Als er Ende 50 war, merkte ich jedenfalls bei der gemeinsamen Arbeit, dass er irgendwie

120

abbaute. Er nahm auch auffällig ab und hatte mit seinem Kreislauf Probleme. Wir machten uns schon Sorgen, ob nicht etwas Schlimmeres vorlag. Ich will damit nur sagen, dass ich mir durchaus vorstellen kann, dass diese Hexe ihn kräftemäßig unter Wasser drücken konnte. Aber das ist alles Spekulation." –

„Haben Sie den Bericht der Polizei oder der Obduktion zufällig für uns? –

„Ja, ich wollte unbedingt wissen, was die festgestellt haben, obwohl das nicht üblich ist. Aber schließlich gaben sie mir eine Kopie."

Sie suchte in einem Nebenraum und kam bald mit zwei Kopien wieder. Tobias steckte die Kopien ein. Sie verabschiedeten sich und die beiden Detektive fuhren in ihr Büro in Hamburg zurück. Auf der Fahrt las Karin die Berichte. Auffällig war nur der Obduktionsbericht. Danach hatte Hans Morgenroth eine relativ hohe Dosis Blutdrucksenker im Blut. Die Polizei schloss daraus, dass ihm im Wasser wohl total schwindelig wurde, der Blutdruck absank und er sich nicht retten konnte.

Karin rief aus dem Auto nochmal die Halbschwester an und fragte, ob ihr Bruder Blutdrucksenker verschrieben bekommen hatte. Sie bestätigte das.

„Vielleicht hatte diese Müller ihm vor der Segeltour eine Überdosis verabreicht." Ja, Karins Überlegung war nicht von der Hand zu weisen.

Tobias war eine Weile während der Fahrt in stillen Überlegungen versunken und rief dann plötzlich aus:

„Und diesen Versicherungsfritzen, den müssen wir uns auch vornehmen. Der ist vielleicht sogar der Schlüssel für die Infos, die die Müller benötigt. Dann sind es insgesamt vier Personen: Die Müller, Trautmann, der Versicherungsheini und der Wirt, die gemeinsame Sache machen."

Karin rief nochmal bei Frau Morgenroth an und erfragte den Namen des Versicherungsvertreters. Es handelte sich um Arno Tiefenbach aus Pinneberg.

*

Einen Tag später in Radesdorf:

Kurt Valentin, der Mieter und Hilfsmann auf dem Hof Jäger war schon wie immer früh um 7 Uhr aus dem Haus, um die Schweine zu versorgen. Sie mussten eine genaue Menge Kraftfutter bekommen. Er lief in den kleinen Anbau des Schweinestalls, wo das Futter gelagert war und füllte eine Schubkarre voll. Als er damit zum Eingang des Schweinestalls kam, fiel ihm plötzlich eine rote Blutlache auf, die teilweise eine kleine Pfütze in dem festen Lehmboden an der Ecke bildete. Er bekam einen Schreck. Was war hier passiert? Er lief zum Bauernhaus und rief an der Tür laut nach Johann, der üblicherweise zu dieser Zeit schon aufgestanden war und frühstückte.

Hannelore Müller kam zur Tür. Sie hatte nur einen weißen Bademantel an.

„Johann ist nicht da. Der ist in der Nacht weggefahren. Ich weiß nicht wohin und wann er wieder kommt." Sie hatte wie so oft zu ihm einen schroffen Befehlston.

Kurt erinnerte sich, dass er in der Nacht tatsächlich den alten Mercedes Diesel, einen 190er älterer Bauart hörte. Das Motorengeräusch war ihm gut vertraut. Er hatte noch vorn aus dem Fenster geschaut und den Wagen links auf die Hauptstraße abbiegen sehen. Er dachte bei sich, dass die wohl wieder Streit hatten. Er hatte öfter lauten Streit und Geschrei gehört.

„Da vorn am Stall ist Blut!" rief Kurt ihr zu.

„Da hat bestimmt der Fuchs eines unserer Hühner gerissen", meinte sie gelangweilt und wollte das Gespräch einfach beenden.

„Nein, das ist so viel. Hat Johann sich in der Nacht verletzt?" –

„Quatsch! Geh an die Arbeit!" herrschte sie ihn jetzt an.

Kurt ging aber zu Anneliese Jäger rüber und beide betrachteten die Blutlache. Das war schon eine ganze Menge.

„Ich rufe jetzt die Polizei!" sagte Frau Jäger entschlossen.

Der Dorfpolizist Polizeihauptmeister Thomas Timmermann kam schnell. Er machte sofort einige Fotos und nahm eine Probe von dem Blut in ein Röhrchen. Die frei geschätzte Menge Blut war schon ungewöhnlich. In dem Moment kam Hannelore Müller dazu, immer noch im weißen Bademantel und stellte sich an die Hausecke des Bauernhauses.

„Was hast du mit Johann gemacht?" schrie die Mutter ihr entgegen. Sie hatte die schlimmsten Befürchtungen. Und dieser Frau traute sie alles zu.

„Der ist heute Nacht abgehauen!" sagte die Müller mehr in Richtung des Polizisten. Timmermann hatte eine nachdenkliche Miene und dachte eine Weile nach.

„Das ist Menschenblut! Da bin ich sicher. Ob das Blut von Johann ist, werden die feststellen. Ich rufe jetzt die Kriminalpolizei und mache hier eine Absperrung."

Thomas Timmermann holte Absperrband, rief auf dem Weg zu seinem Dienstfahrzeug den Kommissar Torge Vogel an. Es dauerte dann noch eine Stunde, bis der Kommissar mit seinen Leuten von der Spurensicherung eintraf. Thomas Timmermann hatte alles im Griff. Die Örtlichkeit mit der Blutpfütze war weiträumig abgesperrt. Er berichtete dem Kommissar das Wenige, was bisher bekannt war. Die Spurensicherung war mitgekommen und bestätigte schnell, dass es sich ganz sicher um Menschenblut handelt. Frau

Jäger und die Müller standen am Rand und sahen zu, redeten aber kein Wort miteinander.

Die Spurensicherung entdeckte den Rest einer Schleifspur von der Blutstelle in Richtung Stallanbau, wo der alte Mercedes untergestellt war. Ein anderer Mitarbeiter suchte die weitere Umgebung ab. Er fand die Reifenspuren, die offenbar von dem Mercedes stammten. Dann rief einer der Beamten den Kommissar. Der Beamte hockte an der Holztreppe, die zu der kleinen Plattform an dem Güllebehälter führte und nahm mit einer Pinzette Partikel vom Holzrand einer Stufe.

„Hier ist auch Blut! Hier muss jemand sich den Arm oder einen anderen Körperteil aufgerissen haben. Das Blut ist genauso frisch wie dort drüben in der Blutlache. Und hier noch eine Stelle am Holz!"

Der Beamte der Spurensicherung suchte weiter bei den Stufen. Der Kommissar gab dem Dorfpolizisten den Hinweis, auch den Bereich abzusperren. Dann verkündete der Kommissar laut seine ersten Vermutungen:

„Die erste vorläufige Schlussfolgerung: An der Treppe hat vielleicht ein Kampf stattgefunden. Das Opfer ist dann in Richtung Schweinestall gelaufen und wurde davor schwer verletzt. Die Blutmenge ist erheblich. Vieles ist ja schon versickert. Konnte er überhaupt noch selbst fahren? Was bedeuten die Schleifspuren? Wurde er dort umgebracht? Also, die Frage ist: wo ist Johann Jäger?"

Der Kommissar sah dabei Hannelore Müller an und kam näher. Sie stand mit verschränkten Armen und abweisender Miene kurz hinter der Absperrung. Frau Jäger und Kurt Valentin sahen gespannt zu der Müller.

„Wir hatten Streit und er ist in der Nacht mit seinem Wagen weggefahren. Ich weiß nicht wohin." –

„Wann ist er weggefahren?" –

„Das war so um Mitternacht, um ein Uhr vielleicht."

Kurt Valentin bestätigte die Zeitangabe und erklärte, dass er den Wagen wegfahren gesehen habe. Also aus seinem Fenster, das sich zur Straße hin befindet. Der Kommissar drehte sich um zu ihm:

„Was haben Sie noch gesehen oder gehört?" –

„Kurz vorher gab es ein Geräusch wie ein kurzer Schrei. Aber ich dachte, dass das eines der Schweine war. Davon wurde ich jedenfalls geweckt und bin dann zum Fenster gegangen. Ach ja, vielleicht ist das auch wichtig. An der Straße ein Stück zurück stand ein schwarzes Auto, ein Mercedes. Den hatte ich vorher hier nie gesehen und heute früh war der weg." –

Der Kommissar machte sich Notizen dazu. Kurt Valentin nickte Frau Jäger zu als ob er sich entschuldigen wollte. Mehr hatte er eben nicht gehört. Ja, Streit gab es öfter. Zuletzt etwas weniger.

„Hatten Sie Streit in der Nacht? Kam das häufiger vor?" fragte der Kommissar jetzt wieder die Müller. Da trat die Mutter nach vorn, zeigte mit dem Finger auf die Müller und schrie laut:

„Die hat schon meinen Mann umgebracht! Und jetzt wohl auch Johann! Wo hast du ihn hingebracht? Das ist eine Mörderin, eine kaltblütige Mörderin!"

Der Kommissar hob abwehrend die Hände und sah wieder Hannelore Müller an. Die verschränkte ihre Arme weiterhin vorn und sah zuerst Anneliese Jäger an.

„Ja, wir hatten öfter Streit. Und es war manchmal laut. Warum? Weil er so ein Dummkopf war."

Frau Jäger wendete sich empört ab und verfluchte leise die Müller.

Die Spurensicherung suchte nun auch im Stallanbau, wo der alte Mercedes immer abgestellt wurde. Und auch dort fanden sie Blutspuren. Der Kommissar notierte das amtliche Kennzeichen des Mercedes und ordnete schon telefonisch eine Fahndung an.

„Morgen früh um 10 Uhr will ich alle im Präsidium in Pinneberg sehen. Wir werden alle Aussagen protokollieren."

Der Kommissar wirkte entschlossen und streng. Er verteilte Visitenkarten. Alle nickten. Nachdem alle Spuren erfasst waren und viele Fotos gemacht wurden, gab er den Tatort frei.

*

Tobias und Karin wurden in der Mittagszeit von Maria Baufeld telefonisch von dem Vorfall informiert. Und auch, dass bis jetzt ihr Bruder nicht zurück war.

„Und jetzt ist diese Mörderin noch Alleinerbin geworden! Das ist doch ungerecht! Der Hof muss doch in der Familie bleiben", entrüstete sich die Schwester, „und die Müller hat ihn umgebracht. Da sind wir uns alle sicher!"

Alle befürchteten das Schlimmste. Im Büro schrieb Karin den mitgeteilten Sachverhalt schnell handschriftlich auf und heftete alles in die angelegte Mappe mit der Aufschrift „Fall Müller". Tobias machte für beide einen Kaffee und setzte sich in seinen Ohrensessel. Karin kam dazu und beide überlegten, wie sie weiter vorgehen sollten.

„Wir werden heute noch den anderen angebotenen Betrieb besuchen. Ich bin sicher, dass wir da ein Muster feststellen können. Diese Frau ist nach einem ganz bestimmten Plan vorgegangen." Karin war davon überzeugt.

Der Vorfall in Radesdorf passt nicht ganz dazu. Vielleicht ist da was schief gegangen. Karin zog sich eine Jeans an und feste Schuhe. Man weiß nie was einem auf so einem Bauernhof erwartet. Dann rief sie ihr Patenkind Tina an:

„Hi, Tina! Ja, wir würden Deine Hilfe hin und wieder gebrauchen. Du bist doch so fit mit Computer und Internet usw. Hast Du Zeit, heute im Büro eine Recherche durchzuführen?" –

„Oh, ja. Ich komme um 19 Uhr direkt nach dem Training."

Tobias fand die Einbindung von Tina gut.

„Das ist ein kluges Mädchen und mit dem Internet kann sie ja super umgehen. Aber was wird Heinrich dazu sagen und vor allem Verena, Deine Schwester?"

Karin drehte mit den Augen.

„Tina ist 15 und lässt sich nicht mehr alles sagen."

Beide fuhren dann mit Tobias Ford los.

Das andere Objekt lag in Haselau in der Nähe von Uetersen. Verstorbener Eigentümer war ein Fritz Storm. Als er vor 6 Jahren starb, war er 66 Jahre alt. Beide erreichten das Anwesen am frühen Nachmittag. Die Sonne schien und der Frühling kam gut in Fahrt. Von der Straße aus sahen sie schon das denkmalgeschützte Gebäude mit einer auffällig verzierten Fassade und einer ungewöhnlichen Dachkonstruktion. Ein kurzer Weg führte zum Eingang. Hinter dem Gebäude sah man verschiedene typische Hallen und Stallungen. An der Eingangstür war der Name „Storm" kunstvoll in ein Holzschild geschnitzt. Alles war ruhig. Das Haus war unbewohnt. Niemand öffnete. Tobias zog einen Zettel aus seiner Tasche. Burgenhausen hatte ihnen verschiedene Adressen mitgeteilt. Hier gab es einen Norbert Storm, offenbar ein Bruder, der nur eine Straße weiter zu finden sei. Sie suchten die Straße und fanden das Haus schnell. Es war eine Doppelhaushälfte in einer typischen Siedlung ziemlich gleichförmiger Häuser. Ein Haus aus den 80er-Jahren, roter Klinker, ein kaum gepflegter Garten mit einer schon von der Straße erkennbaren Müll-Ecke. Da lagen nicht nur Holz und Strauchgut, sondern auch einige alte Plastik-Gartenmöbel, ein blauer Sack, der seitlich eingerissen war und einige alte Ziegelsteine waren direkt daneben aufgeschichtet. Neben dem Haus stand ein sehr alter und verschmutzter Ford-Transit ohne Nummernschild. Daneben stand ein alter VW Polo. Insgesamt machte das Anwesen - jedenfalls die eine Hälfte - einen ungepflegten Eindruck.

Tobias parkte vor dem Haus auf der Straße. Nach dem Klingelton öffnete sich die Haustür. Eine ältere Frau, vielleicht Ende 50 mit ungepflegter Frisur, angegraute Haare im Ansatz und einem verschmutzten Jeansrock schien vom Besuch genervt und sah beide kritisch von oben bis unten an.

„Wir würden gern Herrn Norbert Storm sprechen", sagte Tobias sofort. Die Tür wurde weiter geöffnet und ein muffiger Geruch kam ihnen entgegen.

„Norbert, he, Norbert!" rief sie heiser und laut, „hier ist Besuch für Dich!"

Dann erschien nach einer Weile schnaufend und schwerfällig ein sehr dicker kugelrunder Mann, etwa Anfang 60 mit Vollglatze. Seine weite und verwaschene Jeans wurde von den Hosenträgern weit über den Bauch hoch gezogen. Er hatte ein durchgeschwitztes Unterhemd an, das früher mal weiß gewesen sein musste.

„Was ist los?" fragte er schroff und die Besucher sahen, dass mehrere Zähne fehlten. „Wir kaufen nichts an der Tür und über Glauben spreche ich nicht. Also verschwinden Sie!"

Tobias stellte sich und Karin vor, übergab eine Visitenkarte und fragte, ob er der Bruder von Fritz Storm sei. Da wurde der Mann nachdenklich und sah sich die Visitenkarte konzentriert an.

„Ja, bin ich. Der ist schon lange tot. Was wollen Sie?" –

„Wir haben herausgefunden, dass eine Frau Hannelore Müller Alleinerbin geworden ist. Wir haben Anhaltspunkte, dass der Tod Ihres Bruders vielleicht doch kein Unfall war."

Tobias setzte eine wichtige Miene auf, sah den Mann fest an und stellte sich bewusst sehr gerade hin. Das machte immer Eindruck. Der Mann bat beide hinein und führte sie durch einen völlig vermüllten Flur in eine Art Wohnzimmer. Eine uralte von Flecken strotzende Couch stand an einer Wand. Gegenüber gab es alte Sessel vom Sperrmüll, die etwas ansehnlicher waren. Auf dem Tisch standen mehrere leere Bierflaschen, schmutzige Teller und zwei gebrauchte Tassen. Über die Krümel machten sich einige Stubenfliegen zu schaffen. Die Gardinen waren vergilbt und alles roch nach altem Zigarettenrauch. Der Mann ließ sich geräuschvoll auf die Couch fallen und schrie seiner Frau zu, Bier für alle hinzustellen.

„Also, diese Schlampe Müller oder wie sie heißt hatte sich bei Fritz total eingeschleimt. Ich hatte das gleich gesehen. Dieses Luder hatte es nur auf sein Vermögen abgesehen. Er war leider total heiß auf sie, obwohl sie dominant war und das Sagen hatte. Vielleicht hatte er gerade deshalb noch einen hoch bekommen."

Die Frau stellte geräuschvoll mehrere Bierflaschen auf den Tisch und warf ihrem Mann eine Schachtel filterlose Zigaretten zu. Sie behielt ihr unfreundliches Gesicht und verschwand aus dem Wohnzimmer.

„Wie ist ihr Bruder überhaupt zu diesem Anwesen gekommen?" wollte Karin zuerst wissen.

„Genauso wie er es verloren hatte, hatte er es sich unter den Nagel gerissen!" Der Mann lachte heiser auf und begann dabei heftig zu husten. Er öffnete eine Flasche Bier, nahm einen großen Schluck, stieß hörbar auf und fuhr dann fort:

„Mein Bruder war immer eine Art Hochstapler. Ja, er konnte auftreten, sich gewählt äußern und zog sich immer vornehm an. Und dann lernte er – wahrscheinlich ganz bewusst – die reiche Tochter der Adelsfamilie *von Rügenland* kennen. Das war Adelheid, ja so hieß sie. Die sah ganz hübsch aus und er hat sich da in die Familie eingeschleimt und am Ende Adelheid geheiratet und nach ihrem Tod alles geerbt. Sie hatte Krebs und starb sehr elendig." –

„Und Fritz? Wie kam er ums Leben?"

Der dicke Mann öffnete die Zigarettenschachtel und nahm sich zittrig eine Zigarette heraus. Dann suchte er nach dem Feuerzeug, das offenbar vorher auf dem Tisch lag.

„Feuerzeug!" schrie er laut, begann dabei wieder zu husten und meinte natürlich seine Frau. Die kam auch schnell gelaufen, sichtlich genervt und warf ihm eines von der Tür aus wortlos zu. Er zündete die Zigarette an und blies eine große Rauchwolke aus. Das entspannte ihn offenbar. Und erst jetzt fuhr er fort zu berichten:

„Fritz war Angler. Er war dauernd auf Angeltour, auf der Ostsee oder an kleine Auen. Jedenfalls hatte er wohl abends an eine der Auen, die direkt in die Pinnau münden, geangelt. Durch den Regen führten die Auen viel Wasser. Und da war er natürlich. Und irgendwie muss er wohl einen Herzanfall oder sowas bekommen haben. Jedenfalls ist er kopfüber in die Au gefallen und ertrunken."

Der dicke Mann setzte sich aufrecht hin und hörte angestrengt in Richtung Küche und merkte, dass sich dort nichts tat.

„Mach was zu essen! Ich habe Hunger und es schon spät", schrie er laut in Richtung Küche.

Seine Frau kam ins Zimmer und griff hinter einen der Sessel. Sie holte ein gelbes Netz mit Kartoffeln hervor und lief damit in Richtung Küche.

„Und die Hannelore? Hatte die evtl. damit zu tun?" fragte Tobias.

„Dieses Luder hatte sich nur ein paar Tage vorher als Alleinerbin im Testament einsetzen lassen. Ich hatte das nie verstanden. Fritz war total vernarrt in die. Das war natürlich verdächtig. Aber die Polizei hatte keine Fremdeinwirkung festgestellt. Aber zu trauen war ihr nicht. Ich hatte Fritz noch vor der Hochzeit bei einem Besuch gewarnt. Da kam das Luder dazu und pöbelte herum. Ich wollte ihr schon eine langen. Das hätte ich auch tun sollen!" –

In dem Moment kam seine Frau in die offene Tür und lachte herbe:

„Erzähl keine Märchen!" giftete sie ihn an und zu Tobias gewandt fuhr sie mit zynischem Tonfall fort: „Sie hat ihn im

Handgemenge zu Boden gestoßen und da lag er und kam nicht hoch." –

„Quatsch!" schrie er nun dazwischen. „Zu Boden gestoßen? Gestolpert bin ich!"

„Schiss hast Du dann vor ihr gehabt", rief sie fast etwas spöttisch. „Als Fritz und ich Dich hochhoben, bist Du abgehauen. Da hättest Du ihr wirklich eine verpassen können."

Seine Frau wurde richtig sauer und ging wieder in die Küche. Karin und Tobias schwiegen zu dem Streit und warteten, bis der dicke Mann die nächste Zigarette nahm, sie zittrig ansteckte und wieder schwer atmend eine riesige Rauchwolke ausblies. Nach einem erneuten Hustenanfall berichtete er seine Sicht weiter:

„Ja, richtig ist, dass dieses Weibsstück gefährlich war. Im Streit war die immer total angriffslustig. Und ich glaube bis heute, dass sie mit dem Tod von Fritz irgendetwas zu tun hatte."

„Und irgendwelche Zeugen gab es nicht, die vielleicht auch dort geangelt haben?" fragte Tobias ihn.

„Nee, da war niemand." –

„Wer hat ihn denn gefunden?" –

„Einer der Bauern, der dort sein Vieh hatte." –

„Wer war das? Kann man mit dem heute noch darüber reden?" –

Der dicke Mann überlegte, nahm wieder einen Schluck aus der Bierflasche, rülpste laut und zog an seiner Zigarette. Dann schrie er wieder in Richtung Küche:

„Wie hieß der Mann noch, der Fritz gefunden hatte?"

Seine Frau kam wieder zur Tür und fragte nach. Er wiederholte genervt und laut seine Frage. Sie überlegte eine Weile.

„Heini Möller war das. Der ist doch jetzt auf Altenteil." Sie ging wieder zur Küche.

„Ja, Heini Möller war das. Der war der dümmliche Bruder von Bernd Möller. Der war eigentlich der Bauer und Heini half immer, konnte nicht lesen und schreiben. Der hatte irgendwie einen Schaden." –

„Wo finden wir den?" fragte Karin sofort.

Der dicke Mann beschrieb den Weg dorthin.

„Sie müssen auf den Hof von Bernd Möller fahren. Das ist ganz in der Nähe, zwei Straßen weiter. Hinten in einem kleinen Anbau haust er."

Tobias und Karin verabschiedeten sich dann. Die Frau begleitete beide noch zur Tür.

Tobias Alff fuhr gleich die zwei Straßen weiter und fand den Hof Möller, wo Heini Möller leben sollte. Ein großer Bauernhof mit holpriger Auffahrt, die direkt zum alten Bauernhaus führte. Hinter dem Bauernhaus gab es einen einfachen Anbau. Dort wohnte Heini Möller. Tobias klopfte an die alte und etwas schief hängende Haustür, die eher nach einer Stalltür aussah. Er musste nochmal klopfen. Dann erschien ein älterer sehr hagerer Mann, dessen Alter schwer zu schätzen war. Es war Heini Möller. Er stand krumm da, nur mit einem Schlafanzug gekleidet. Seine wenigen Haare waren ungekämmt und wild durcheinander. Er roch nach Alkohol.

„Was ist?" fragte er misstrauisch.

Tobias stellte sich vor und überredete ihn, einige Fragen zu beantworten. Er hatte doch Fritz gefunden. Da nickte er und öffnete die Haustür weit. Drinnen war es dunkel und muffig, aber sauberer als bei dem dicken Storm. Karin blieb im Wohnzimmer stehen. Ihr waren die Stühle nicht geheuer. Als Tobias sich darauf setzte knackte es heftig, aber der Stuhl hielt, wenn auch wackelig.

„Fritz lag tot in der Au. Was haben Sie da gesehen?" fragte Tobias und merkte, dass Heini Möller offenbar leicht geistig behindert war.

Der setzte sich auch auf einen der Stühle und überlegte. Dabei raufte er sich die Haare und verzog das Gesicht. Es dauerte lange bis er antwortete:

„Er lag da in der Au. Falsch herum mit dem Rücken oben und den Kopf ganz tief im Wasser. So liegt man nicht." –

„Wie liegt man denn, wenn man in die Au fällt?" –

„Die ist doch so schmal. Da kann man sich doch am Rand abstützen." –

„Oder war da noch jemand bei Fritz und hat ihn untergetaucht?"

Die Frage von Tobias erschreckte ihn. Er sah ihn entgeistert an und begann an einem Knopf seines Schlafanzugs zu drehen. Man sah, dass er angestrengt nachdachte. Warum stellt der solche

Frage? Was weiß der? Heini konnte sich keinen Reim darauf machen und fühlte sich gedrängt, etwas dazu zu sagen.

„Also, ich kam dahin und Hannelore auch. Das darf aber keiner wissen!" Heini war erregt und biss sich nervös auf einen Fingernagel und mochte niemanden ansehen.

„Du wolltest Hannelore nicht verraten! Das kann ich verstehen." Tobias spürte, dass Heini mehr weiß, aber das noch nie erzählt oder bewusst geschwiegen hatte. Da gab es ein Geheimnis. Tobias bohrte weiter:

„Das ist jetzt so lange her. Jetzt darf man alles sagen! Was war mit Hannelore?" Tobias beruhigte den alten Mann, stellte aber zugleich die Frage. Wieder wurde Heini unruhig. Seine Beine begannen nervös zu zittern. Es dauerte eine Weile bis er wieder Worte fand:

„Hannelore war da. Die war wirklich nett zu mir." –

„Du mochtest sie gern, oder? Sie war auch schön, oder?" –

„Ja, sie war schön und ich hatte vorher noch nie eine nackte Frau gesehen, also außer in den Heften." Heini entspannte sich etwas. Er lehnte sich zurück und ein Lächeln huschte über das alte Gesicht. Gleichzeitig erschrak er darüber, dass er das so gesagt hatte.

„Und Hannelore mochte Fritz nicht mehr. Der hatte ja immer gelogen und Hannelore schlecht behandelt", behauptete Tobias jetzt als Testballon und er traf ins Schwarze.

„Ja? Der hatte immer gelogen? Fritz war kein Guter. Und mich hatte er nie gegrüßt." –

„Er hatte auch Hannelore dauernd angelogen. Das hat uns Hannelore selbst erzählt." Tobias versuchte durch diese Behauptungen den Bann zu brechen. Denn offenbar sollte er nie darüber reden.

Heini schaute nun zum ersten Mal hoch, fast etwas ungläubig. In seinem Kopf arbeitete es. Was wusste dieser Mann? Woher kannte der Hannelore? Hatte noch ein anderer alles gesehen? Nie sollte er davon erzählen, ein heiliges Geheimnis!

„Ja, Hannelore mochte keine Lügen und sie mochte auch Fritz nicht mehr. Und da hatten wir ein Geheimnis, ein richtiges Geheimnis! Ja, ich allein mit Hannelore!" Heini sagte das fast stolz.

„Jetzt musst du das aber uns erzählen, denn sonst kommt Hannelore in Schwierigkeiten! Wir sind Freunde von Hannelore, nicht von Fritz."

Heini Möller schwieg, wurde aber sehr unruhig. Er mochte Tobias nicht ins Gesicht sehen. Dann sah er zu Karin, die ein freundliches Gesicht aufsetzte. Heini spürte natürlich, dass er nun alles erzählen sollte. Sein Atem wurde heftiger und dann begann er ganz leise zu reden:

„Hannelore hat sich ausgezogen. Ganz. Und sie zog mich dann auch aus. Sie war so schön. Ich durfte ihre Brust anfassen. Und sie …" er zögerte verlegen, „fasste bei mir an. Dann hat sie mich geküsst und wir haben unser Geheimnis geschworen." –

„Das war bestimmt sehr schön. Und Fritz sah dabei zu?" –

„Nein! Der war ja schon tot! Der konnte nicht mehr zusehen." Heini wurde immer offener und es schien, als ob er sogar erleichtert war, endlich all das erzählen zu dürfen.

„Hatte Fritz sich nicht gewehrt?" –

„Doch, zuerst, aber der Mann war stärker." –

„Da war noch ein Mann?" –

„Ja, so ein großer Typ. Den kenne ich nicht. Der war auf einmal da." -

„Hatte die Polizei dich damals auch gefragt?" –

„Ja, aber wir hatten doch unser Geheimnis."

Tobias und Karin bedankten sich bei ihm und beruhigten ihn immer wieder, dass er jetzt nach 6 Jahren auch ein Geheimnis erzählen darf. Beim Abschied war Heini sehr freundlich, als wären gute Freunde zu Besuch gewesen. Im Auto lehnten sich Karin und Tobias erst einmal entspannt in die Sitze zurück. Jetzt wurde es zumindest in diesem Fall klar. Sie war eine Mörderin, eine sogenannte schwarze Witwe. Und hier hatte ein Mann, wahrscheinlich dieser Trautmann, geholfen.

Im Büro zurück dokumentierten sie zusammen alles sorgfältig. Ob Heini seine Aussage bei der Polizei wiederholen würde, erschien zweifelhaft. Aber ein erstes Ergebnis hatten sie. Aber jetzt hieß es, Johann Jäger zu finden.

Um 19 Uhr kam Tina ins Büro. Sie hatte noch ihre Sportsachen an. Einen schwarzen Shorts und ein gelbes Tshirt. Sie war mit ihren 15 Jahren inzwischen sogar etwas größer als Karin, und wirkte erwachsener für ihr Alter. Ihre blonden langen Haare trug sie offen. Die freie Schulter und die Arme zeugten davon, dass sie intensiv Sport trieb. Karin gab ihr alle Notizen des Falles und bat sie, über den Versicherungsmakler Arno Tiefenbach so viel wie möglich zu ermitteln. Tina setzte sich sofort an den PC und begann intensiv zu recherchieren. Karin versorgte sie mit Mineralwasser und holte vom Bäcker aus dem nahe gelegenen Supermarkt belegte Brötchen für alle.

Sie nahmen sich vor, morgen oder übermorgen nach Radesdorf zu fahren und dort Gespräche zu führen.

*

Zwei Tage später:

In Radesdorf hofften die Mutter und die Schwester, dass Johann wieder zurückkommen würde. Maria sprach immer wieder diese Hoffnung aus. Aber die Mutter hatte wieder dieses Bauchgefühl: Ihr Sohn war tot, ermordet und diese Frau hatte damit zu tun. Sie war untröstlich und in ihr begann ein Hass auf diese Frau zu wachsen. Am Nachmittag trafen Tobias und Karin ein und setzten sich mit Frau Jäger, Maria und Benno Baufeld am Küchentisch im Altenteiler-Haus zusammen. Frau Jäger bot Kaffee und Kekse an. Tobias hörte sich zuerst alles an. Immer wieder fing Frau Jäger zu weinen an. Tobias erklärte ihnen nun, was sein Freund Burgenhausen ihm zu dem Sachverhalt am Telefon erläutert hatte:

„Solange Johann nicht wieder da ist, muss der Hof trotzdem weiter bewirtschaftet und verwaltet werden. Diese Frau Müller wird dazu weder Lust noch Muße haben. Noch ist sie nicht offiziell Erbin! Kurt Valentin wird ja weiter helfen, oder?"

Maria legte nun die Kopie einer Generalvollmacht auf den Tisch.

„Das hat die Müller gestern in den Briefkasten gesteckt."

Tobias und Karin lasen die Vollmacht sorgfältig durch und fielen auch darüber, dass die Vollmacht über den Tod hinaus gelten sollte. Damit war sie berechtigt, den Hof auch jetzt zu verwalten.

Diese Rechtslage war allen anderen unbekannt.

„Können wir diese Frau nicht aus dem Haus jagen?" fragte die Mutter zweifelnd.

„Leider nicht. Es ist die Ehewohnung und sie hat alle Vollmachten." Tobias griff nun zum Kaffee, der noch sehr heiß war. Diese Aussage gefiel der Mutter nicht und sie begann wieder leise zu weinen.

„Was können wir denn machen?" fragte Maria jetzt.

„Ich werde rechtlichen Rat einholen. Wir haben da gute Verbindungen.", erwiderte Tobias.

Nach dem Gespräch schauten sich Tobias und Karin den Tatort genau an. Das Blut war versickert, aber die Erde noch blutrot. Im Stallanbau, wo Johanns Mercedes immer abgestellt wurde, war auch noch ein Blutfleck zu sehen. Tobias fiel auf, dass der Fleck sich hinter den Wagen befand. Oder stand der Wagen mit der Front zum Ausgang? Benno bestätigte, dass Johann den Wagen immer vorwärts in den Stall gefahren hatte, also zum Wegfahren zuerst rückwärts herausfahren musste. Dann war der Blutfleck also hinten. Tobias dachte an den Fall Fritz Storm. Dort war offenbar ein Mann der Mörder. Und hier könnte auch ein Mann gekommen sein. Das könnte Trautmann gewesen sein. Und irgendetwas ist nicht planmäßig verlaufen. Vielleicht wollten sie ihn im Güllebehälter ertränken.

Tobias und Karin verabschiedeten sich und fuhren wieder nach Hamburg zurück.

Im Büro kam am späten Nachmittag Tina. Diesmal in einem leichten orangen Sommerkleid. Sie hatte eine Mappe dabei. Alle setzten sich um den Schreibtisch und sie berichtete nun mit wichtiger Mine von ihren Ergebnissen.

„Also, dieser Arno Tiefenbach ist 59 Jahre alt, seit 35 Jahren als Versicherungsmakler tätig, hauptsächlich für landwirtschaftliche Betriebe, offenbar sehr erfolgreich. Er hat am Rande von Pinneberg eine schöne Villa und auch sein Büro."

Sie reicht Karin und Tobias nun ein ausgedrucktes Foto von dem Mann. Ein etwas dicklicher Mann, sympathischer Blick, gut angezogen. Dann die Villa. Ein weißes modernes Haus mit Anbau eines Büros. Tina berichtet weiter:

„Er hat offenbar keine Mitarbeiter, eine Sekretärin oder ähnlich. Er ist verheiratet mit Elfriede Tiefenbach, 55 Jahre und beide haben einen Sohn, Timo, 20 Jahre, der noch zuhause lebt und eine Lehre als Industriekaufmann angefangen hat."

Karin und Tobias staunten über die Arbeit von Tina. Von der Villa erhielten sie jetzt auch ein Foto und ein Kartenausschnitt von der Lage des Wohnhauses.

„Ich habe auch zu Trautmann nochmal geforscht", ergänzt Tina, „und auf einigen auch im Internet abgebildeten Flyern wirbt er für Tiefenbach, wenn auch sehr unauffällig. Das war kaum zu lesen. Ich finde, dass Trautmann irgendwie unsympathisch aussieht. Mich erinnert er immer an meinen überheblichen Vater. Und seine asiatische Angestellte ist mit Sicherheit seine Geliebte, jedenfalls sieht sie ihn auf zwei Fotos so an."

„Das sind ja gute Ergebnisse!" stellte Tobias fest. „Wir müssen uns also doch diesen Tiefenbach mal näher anschauen. Der war überall bisher der Ideengeber für die Tanzveranstaltung. Wir sollten mal überlegen, wie wir an seine Kundendatei herankommen können." –

„Wir besuchen ihn im Büro und zwingen ihn, den PC durchsuchen zu lassen."

Karin sagte das sehr entschlossen und war bereit, so vorzugehen. Tobias erschrak ein wenig. Er kannte diese Spontanität von Karin. Aber das musste schon gut geplant werden.

„So, wie der auf dem Bild aussieht, schaffen wir den locker." Tina war begeistert von der Idee.

Tobias überlegte und ließ sich nun in seinen Ohrensessel fallen. Tina schaute auf die Uhr und wurde unruhig.

„Ich muss los! Lars soll wieder in einem Spielsalon sein. Da hat Verena ihn vor drei Tagen schon mal rausgeholt. Jetzt soll ich ihn holen." Tina drehte dabei genervt mit den Augen.

„Was ist denn mit ihm auf einmal los?" fragte Karin zurück.

„Er ist endlich – mit 16! – in die Pubertät gekommen und wird zuhause immer aufsässiger." –

„Aber in der Pubertät muss man Geduld haben. Vor allem, wenn sie jetzt so ungewöhnlich spät kommt. Lass' ihn doch einfach einige Erfahrungen machen", gab Karin zu bedenken, „ohne dass gleich wieder seine große Schwester eingreift." –

„Große Schwester!" gab Tina genervt zurück. „Vergessen? Ich bin ein Jahr jünger. Ich weiß schon, dass es in dieser Phase nicht so gut ist, wenn er von mir wieder einen Arschvoll bekommt. Aber er ist mit neuen Freunden unterwegs und ich weiß, dass die Drogen nehmen. Ich muss also wohl oder übel eingreifen."

„Und warum macht es Heinrich oder Verena nicht?" fragte Tobias.

„Mein Vater beachtet ihn kaum noch. Und Mama findet es noch peinlicher, wenn sie als Mutter ihn aus dem Salon zerrt." –

„Dann mach' es etwas sanfter als sonst." Karin wusste natürlich, dass Lars schon immer auch als Kind in der Entwicklung zurückgeblieben war. Und Tina war ihm immer körperlich überlegen. Sie war immer die große Schwester.

„Ich werde mir Mühe geben." Tina verabschiedete sich eilig und fuhr mit ihrem Fahrrad los.

*

In Radesdorf tauchte zwei Tage später ein Bauer aus Niedersachsen auf. Er besichtigte mit Hannelore Müller – sie hatte ihren Namen ausdrücklich behalten – den Schweinebestand. 122 Schweine waren es zurzeit und er bot einen guten Preis. Sie wurden sich einig und der Käufer wollte in einer Woche mit zwei Lkw kommen und alle Schweine abholen. Kurt Valentin beobachtete alles und lief zu Anneliese Jäger ins Altenteiler-Haus.

„Sie verkauft die Schweine!" rief er ihr ohne Gruß aufgeregt als erstes zu.

Anneliese Jäger wurde blass und Wut stieg in ihr auf. Sie bot Kurt Platz am Küchentisch an und schenkte ihm einen frisch aufgebrühten Kaffee ein.

„Sie hat diese Vollmachten. Wir sind machtlos!" kam es von Frau Jäger fast resignierend.

Kurt Valentin nahm einen Schluck Kaffee und wirkte beunruhigt.

„Was wird aus mir und meiner Frau? Müssen wir demnächst ausziehen? Wir finden doch nicht wieder so eine günstige Wohnung!" –

„Ich hätte große Lust Benno zu bitten, diese Frau mal richtig zu verprügeln und aus dem Haus zu jagen!" Frau Jäger verstand die Rechtslage nicht, besser: Sie wollte sie nicht akzeptieren.

„Benno ist auch sehr wütend! Das hat er mir erst gestern gesagt", berichtete Kurt Valentin, „der würde bestimmt rigoros eingreifen. Und Johanns Skatbrüder traf ich neulich. Die sind voller Wut und machen Stimmung im Dorf." –

„Die Frau ist gefährlich!" gab Frau Jäger zu bedenken, „sie hatte Johann unter ihre Fuchtel bekommen. Einmal kam er sogar zu mir und war total deprimiert. Da war es aber schon zu spät." –

„Die hatte immer das letzte Wort. Das haben wir oben ja oft mitbekommen. Die wurde manchmal richtig laut." –

„Wir müssen unbedingt mit Herrn Alff reden. Irgendetwas muss jetzt passieren."

Als Anneliese Jäger daraufhin aus dem Küchenfenster schaute sah sie, wie diese Frau mit ihrem Mini gerade den Hof verließ. Mit Kurt Valentin schmiedete sie noch einige dunkle Pläne, aber es blieb nur bei solchen Gedankenspielen.

*

Im Büro des Privatdetektivs verging die Zeit wie im Fluge. Tobias Alff schaute auf die Uhr: 12.30! Er zog nur eine leichte Jacke über, schloss das Büro ab und ging um die Ecke in den Krohnskamp und dort zu dem Bäcker im Supermarkt. Karin hatte ihm ans Herz gelegt, statt belegte Brötchen lieber einen Salat zu nehmen. Aber die leckeren Brötchen verursachten ein unwiderstehliches Verlangen. Drei belegte Brötchen und ein Becher Kaffee wurden dann doch bestellt. Dann erlag er einer weiteren Versuchung und ließ sich noch einen großen Eisbecher geben. Nach dem Essen nahm sich der Detektiv vor, das Büro Trautmann aufzusuchen. Er schloss das Büro ab und fuhr los. Seinen alten Ford Mondeo, den er vor vielen Jahren bereits als Gebrauchtwagen gekauft hatte, parkte er kurz vor dem Büro auf einen Seitenstreifen. Es war 16 Uhr. Im Büro begrüßte ihn sofort und überschwänglich die junge Dame. Diesmal trug sie einen weißen Minirock und eine hellblaue Bluse. Tobias Alff sah, dass sie keinen BH darunter trug. Sie sah sehr attraktiv aus und geizte nicht mit ihren Reizen.

„Ich habe mir die Objekte angesehen. Ich würde gern mit der Eigentümerin, Frau Hannelore Müller, sprechen, die bei beiden Objekten ja Erbin geworden ist." Tobias ging aufs Ganze.

Die junge Dame sah ihn erschrocken an. Sie konnte ihre Überraschung nur kurz verbergen. Dann setzte sie sich mit ernster Miene auf ihren Stuhl hinter dem weißen Schreibtisch und schlug die Beine übereinander.

„Das geht nicht! Den Auftrag – auch zu jeder Art Verhandlung – haben wir erhalten. Wir können aber einen Besichtigungstermin vereinbaren." –

„Frau Müller ist doch die Lebensgefährtin von Ihrem Chef!" provozierte er weiter.

„Das geht mich nichts an. Hören Sie! Wollen Sie jetzt einen Termin oder nicht?" –

„Warum wird da so ein Geheimnis draus gemacht? Dann kann ich doch auch mit Herrn Trautmann direkt verhandeln!" –

„Ich kann Ihnen jetzt nicht helfen." Sie wandte ihren Blick ab, sah nun auf den Bildschirm, der vor ihr auf dem Schreibtisch stand und machte mit abweisender Geste deutlich, dass das Gespräch zu Ende sei. Tobias Alff drehte sich beim Herausgehen noch einmal um:

„Übrigens habe ich auch Interesse an das ganz neue Objekt in Radesdorf! Geben Sie das bitte weiter, auch wenn das Objekt noch nicht hier an ihrer Tafel aushängt." Tobias zeigte dabei auf die große Stellwand und verließ das Büro.

Die junge Dame sah ihm wortlos nach. Er sah noch, dass sie sofort zum Telefon griff. Jetzt hatte er die nötige Unruhe losgetreten.

Als er durch den Berufsverkehr endlich wieder sein Büro erreichte, war Karin gerade angekommen. Wegen der fast schon sommerlichen Hitze Anfang Mai hatte sie nur ihr kurzes blaues Kleid an, das eine Kleidergröße zu weit war, aber bei der Hitze für die nötige Luft sorgte. Sie hatte mit Tobias zusammen dieses Kleid in Frankfurt letzten Sommer gekauft. Ihre langen blonden Haare trug sie offen. Tobias fand das immer am schönsten. Sie saß bereits hinter dem PC und stellte eine Liste der bisherigen Fakten und Ermittlungsergebnisse zusammen. Tobias erzählte von seinem Besuch in Trautmanns Büro. Sie überlegten nun, wie sie eine Falle stellen könnten. Karin entdeckte dann eine gerade hereingekommene E-Mail von Benno Baumann:

Die Müller verkauft alle Schweine. Auch die Rinder hat sie angeboten. Können wir etwas unternehmen? Die kann doch hier nicht machen, was sie will.

Tobias erinnerte sich nun, dass er den Notar Burgenhausen zur Rechtslage befragen wollte. Er nahm das Telefon und rief kurzentschlossen an. Der Notar war noch in seiner Kanzlei und hörte aufmerksam zu. Dann kam von ihm die Antwort:

„Hör zu, Tobias! Grundsätzlich kann sie mit der Generalvollmacht alles machen. Da aber der Auftraggeber, also Johann Jäger, als lebend vermutet wird, muss die Vollmacht auch in seinem Sinne ausgeübt werden. Der zugrunde liegende Auftrag kann ja nur so gedeutet werden, dass der Betrieb wie bisher ordnungsgemäß fortzuführen ist. Wenn sie völlig willkürlich alles anders macht, könnte auch für Johann ein sogenannter

Abwesenheitspfleger eingesetzt werden, der ihre Tätigkeit zumindest kontrolliert. Zuerst aber müsst ihr ihre auftragswidrige Tätigkeit ordentlich dokumentieren."

Tobias hatte sich rasch Notizen dazu gemacht. Das war ja immerhin ein kleiner Lichtblick. Er nahm sich vor, schon morgen Mittag in Radesdorf mit Frau Jäger, Maria und Benno zu bereden.

*

In Karins Fitnessclub, den sie zusammen mit einer Freundin betrieb, war gerade am Nachmittag viel los. Der Geräteraum war gut besucht. Zwei Rückenkurse liefen noch und drei junge Frauen aus der Kickbox-Gruppe trainierten intensiv. Darunter war auch Tina, die mit Hanteln ein spezielles Krafttraining absolvierte. Der Trainer, ein Mann aus Thailand, der in jungen Jahren in seiner Heimat viele Preise im Kick- und Thaiboxen gewonnen hatte, trieb die jungen Frauen beim Training immer gut an. Karin war froh, diesen Trainer eingekauft zu haben und überlegte oft, ob sie selbst noch in dieser Gruppe mitmachen sollte. Ihr kamen immer Zweifel, ob sie mit 35 dafür noch schnell genug war. Denn gerade die Schnelligkeit mit Fäusten, aber auch der Beinarbeit waren das Wichtigste.

Karin zog sich gerade in der Umkleide um. Sie zog ihre Sportsachen aus und ging zuerst in die große Dusche. In dem Moment kam auch Tina in die Dusche. Karin betrachtete ihr Patenkind jetzt. Sie war mit 15 Jahren reif und fraulich, aber ihr Körper war auch gut durchtrainiert.

„Du hast ja inzwischen viel Kraft aufgebaut wie ich sehen kann", fing Karin das Gespräch unter der Dusche an, „will Kona dich nicht bald zu einem Landesturnier nominieren?" –

„Erst mit 16 geht das. Vorher gibt es in Hamburg mangels Beteiligung keine

Turniere. Aber dann will ich das!" rief sie ihr zu.

„Haben die Frauen in Langenhorn nicht inzwischen auch Kickboxen im Programm?" –

„Stimmt! Wir haben ja von dort Melanie übernommen. Das ist die 12jährige, die so wahnsinnig schnell ist. Ich konnte sie in unserem Turnier nur mit Mühe besiegen. Kona will tatsächlich dort Kontakt aufnehmen, ob wir wenigstens 10 Teilnehmer zusammen bekommen, denn in Langenhorn sind auch zwei Jungs dabei. Also wie in Thailand, eine gemischte Gruppe von 12 bis 14. Da wäre ich schon wieder zu alt." -

„Ich denke dauernd darüber nach, ob ich nicht auch in Eurer Gruppe mitmachen sollte. Aber mit 35?" Karin stellte ihre Dusche schon ab und wollte wissen, wie Tina das sieht.

„Das wäre doch toll! Aber der Anfang ist hart." –

„Aber ein anderes Thema: Ich grübel schon dauernd darüber nach, wie wir den Tiefenbach mal in die Mangel nehmen können. Tobias fährt nächste Woche für drei Tage zu seinem Vater nach Mannheim. Vielleicht ist es sogar besser, wenn wir beide das machen. Ich habe dazu schon Ideen. Wir müssen unbedingt seine Kundenlisten aus dem PC bekommen. Wahrscheinlich können wir dann sogar Morde verhindern." –

„Klar! Das machen wir zusammen. Aber sollten wir den nicht vorher mal zur Sicherheit observieren? Wer ist da noch im Haus? Was ist mit seiner Frau?"

Karin verließ nun die Dusche und trocknete sich ab. Tina folgte ihr und beide saßen eine Weile in der Umkleide auf einer hölzernen Bank.

„Wir können das ja mit Tobias heute Abend beim Essen beraten", schlug Karin jetzt vor, „denn dieser Tiefenbach hat an all den Morden seinen Anteil. Der sollte damit nicht durchkommen. Und hast du Lars gestern gefunden?" –

Tina winkte genervt mit einer Handbewegung ab.

„Ach wie immer. Es war richtig peinlich. Zuhause hat er sich dann in sein Zimmer eingeschlossen. Heute früh kam er auch nicht zum Frühstück." –

„Hoffentlich tut er sich nichts an!" gab Karin zu bedenken.

„Ich habe jetzt die Nase voll und habe Mama gesagt, dass ich nicht mehr die große Schwester spielen werde."

Tina wirkte mit dieser Aussage sehr entschlossen. Ihre beiden Brüder waren irgendwie Waschlappen. Tom lebte mit seinem früheren Hauslehrer zusammen, hatte sich als schwul geoutet und kam jetzt dauernd, um sich bei seiner Mutter auszuweinen. Angeblich schlägt der andere Mann ihn. Und Lars war in seiner Entwicklung irgendwie zurückgeblieben, hatte immer so eine kindliche Art und sie musste sich immer wie eine große Schwester um ihn kümmern.

Beide zogen sich nun an und unterwegs rief Karin ihren Partner an und verabredete sich bei ihren Lieblings-Italiener. Zu dritt trafen sie sich dort und planten weitere Aktivitäten. Tobias musste in Mannheim den Umzug seines Vaters organisieren. Der wollte nun unbedingt zu seiner Schwester, Tante Irmchen, ziehen, die im Harz lebte und ihren Bruder gern aufnehmen und pflegen wollte. Karin gab ihren Plan nun bekannt:

„Wir – also Tina und ich – werden den Tiefenbach besuchen und zwingen, alle Kundenlisten auszudrucken. Notfalls fesseln wir ihn und Tina macht es an seinem PC. Der wird schon nicht Anzeige erstatten, denn dann fliegt auch seine Beteiligung an diesen Morden auf."

Tobias nahm erst einen Schluck von dem außergewöhnlich guten Chianti und fand die Idee gut:

„Aber beobachtet ihn vorher, damit ihr keine Überraschungen erlebt." –

„Klar, das machen wir!" begeisterte sich Tina.

*

Bevor Tobias nach Mannheim abreisen konnte, fuhr er noch in Radesdorf vorbei. Er war extra deswegen früher aufgestanden. Der Umzug seines Vaters beschäftigte ihn immer zwischendurch. Sein Vater war 84 Jahre alt, pflegebedürftig und gebrechlich. Aber Tante Irmchen hatte mehrmals angeboten, ihren Bruder aufzunehmen. Ihre Tochter Wanda lebte auch seit einiger Zeit bei ihr und zusammen würden sie gern die Pflege und Versorgung übernehmen. Tobias hatte eine Vorsorgevollmacht von seinem Vater und musste einige Dinge vor Ort regeln. Um kurz vor 10 Uhr erreichte er den Hof Jäger. Anneliese Jäger erwartete ihn bereits und sah ihn kommen.

Am Küchentisch erklärte Tobias ihnen bei einer Tasse Kaffee die Rechtslage und die Auskunft des Notars.

„Ihr müsst jetzt – möglichst mit Angabe von Zeugen – alle Aktivitäten der Müller dokumentieren. Jedenfalls alles, was den Betrieb verändern würde. Wenn sie jetzt die Schweine verkauft und dann noch die Rinder, ist das schon ein wesentlicher Grund, um einen sogenannten Abwesenheitspfleger zu bestellen. Der würde ihre Tätigkeit kontrollieren. Notfalls würde das Gericht ihr die Vollmachtsausübung untersagen. Ihr müsst dazu einen Antrag beim Amtsgericht stellen."

Die drei Gesprächspartner hatten aufmerksam zugehört. Tobias übergab ihnen eine Zusammenfassung, damit sie verständlich machen könnten, worum es geht.

„Und gibt es was Neues?" fragte Frau Jäger dann.

„Wir haben herausgefunden, dass der Versicherungsmakler Tiefenbach die Kuppelei organisiert. Ist das nicht auch Euer Versicherungsvertreter?" –

„So ein netter Mensch! Ich kann das kaum glauben." Frau Jäger schüttelte ungläubig ihren Kopf.

„Aber bitte! Nichts von unseren Ermittlungen an wen auch immer weitergeben! Auch nicht an Kurt." Tobias ermahnte alle nachdrücklich und schaute nun auf die Uhr und musste dringend weiter.

Er fuhr wieder nach Hamburg in die Wohnung. Karin hatte schon seinen Koffer gepackt und sie verabschiedeten sich mit leidenschaftlicher Umarmung. Mit dem Taxi fuhr Tobias dann zum Hauptbahnhof.

Später am Nachmittag fuhren Karin und Tina nach Pinneberg und beobachteten das Grundstück Tiefenbach. Die Villa war sehr schön, der Garten ordentlich angelegt und gut gepflegt. Im Büro konnten sie mit dem Fernglas Arno Tiefenbach erkennen. Er war im Büro allein. Um etwa 16 Uhr sahen sie einen schwarzen Golf-Cabrio, der in die Auffahrt bis kurz vor der geschlossenen Doppelgarage fuhr. Es war die Ehefrau. Als sie ausstieg, sahen sie eine vollschlanke Frau in einer Art Mantelkleid, cremefarben mit einer großen gefüllten Einkaufstasche. Sie ging direkt über den Haupteingang ins Haus.

„Ich denke, wir sollten morgen oder übermorgen zuschlagen", begann Karin ihre Idee, „wir warten hier bis die Frau wegfährt und gehen dann ins Büro. Wir drohen dem Mann und notfalls fesseln wir ihn. Ich nehme für alle Fälle meinen Elektro-Schocker mit. Du gehst dann an den PC und kopierst alle Kundendateien, die du finden kannst." –

„Sollten wir Masken tragen?" fragte Tina. „Wir können z. B. Strickmützen aufsetzen und einen Nylonstrumpf über den Kopf ziehen. Wir können sehen und atmen, aber er erkennt uns nicht." –

„Gute Idee!" erwiderte Karin. „Was machen wir, wenn der sich überraschend heftig wehrt?" –

„Elektro-Schocker natürlich! Aber ich könnte den auch einen Fußstoß vorn versetzen. Dann bekommen wir ihn in den Griff." Tina war sich ihrer Sache sicher. Karin staunte über ihr Patenkind.

*

Einen Tag später:

Karin und Tina trafen sich um 8 Uhr schon im Büro. Karin hatte eine dunkelblaue Jeans und einen schwarzen Rollkragenpullover angezogen. Ihre Haare hatte sie nach hinten zu einem Pferdeschwanz gebunden. Tina war in einer hautengen schwarzen Leggins und ein sehr langes schwarzes Tshirt, das fast wie ein kurzes Kleid aussah, gekommen.

Ihre Haare hatte sie ebenfalls zum Pferdeschwanz gebunden. Karin hatte zwei Strickmützen herausgesucht, zwei Nylonstrümpfe so aufgerollt, dass man sie im Nu über den Kopf ziehen konnte und dünne Latexhandschuhe besorgt. Und natürlich einige Kabelbinder. Sie lachten beide über sich und kamen sich vor wie Unholde in gewissen Filmen. Dann fuhren sie mit Tobias Ford los. Um kurz vor 9 Uhr trafen sie in Pinneberg ein, auf der anderen Straßenseite direkt vor der Villa Tiefenbach. Sie hatten sich Kaffee in einer Thermosflasche mitgenommen und warteten, dass die Ehefrau endlich wegfahren würde. Um 10 Uhr sahen sie Arno Tiefenbach im Büro sitzen. Er telefonierte. Kurz darauf kam ein Kunde vorgefahren. Ein älterer Mann ging ins Büro. Nach etwa einer halben Stunde ging der Kunde wieder. Um 11.30 Uhr endlich kam die Ehefrau aus dem Haus. Sie trug eine Jeans und ein sehr weites cremefarbenes Oberteil. Zügig fuhr sie mit ihren Golf davon.

Jetzt war es soweit. Karin atmete aufgeregt durch. Den Elektro-Schocker steckte sie in eine Tasche ihrer Jeans. Beide zogen die Nylonstrümpfe über, setzen die Strickmützen auf und zogen die Handschuhe an. Dann nickten sie sich zu und stiegen leise aus. Ohne hörbare Schritte erreichten sie die Bürotür. Karin ging herein gefolgt von Tina. Arno Tiefenbach saß an seinem Schreibtisch am Computer und sah die beiden erschrocken an. Er erkannte sofort, dass die beiden Besucher Frauen waren, aber ihre Gesichter waren nicht zu erkennen.

Karin griff blitzschnell die Lehne seines Bürostuhls und zog ihn samt Mann zurück, weg vom Schreibtisch und mit Schwung stieß der Stuhl gegen eine Regalwand. Tina nahm sich sofort einen Besucherstuhl und setzte sich an den PC. Als der Mann aus seinem Bürostuhl aufstehen wollte, zog Karin ihn am Arm nach vorn und setzte den Elektro-Schocker in seinem Nacken an. Mit heftigem Zucken fiel er wieder in seinen

180

Stuhl zurück und verlor das Bewusstsein. Karin band mit den Kabelbindern rasch die Füße und Hände zusammen.

Tina fand schnell diverse Kundenlisten und Dateien. Sie kopierte alles auf einen mitgebrachten Stick. Inzwischen kam Tiefenbach wieder zu Bewusstsein. Er protestierte lautstark und verlangte, dass er sofort befreit werden müsse. Die beiden Frauen beachteten das nicht. Überhaupt vermieden sie, miteinander oder mit Tiefenbach zu sprechen. Alles geschah schweigend. Dann steckte Tina noch den Terminkalender ein und beide liefen eilig aus dem Büro zum Auto und fuhren los.

Im Büro angekommen zogen sich beide erst einmal um, denn es war sehr warm geworden. Mit einem kühlen Mineralwasser saßen nun beide in den kleinen Sesseln um Tobias kleinen runden Tisch herum.

„Das hat ja super geklappt!" meinte Karin und entspannte langsam.

Tina holte jetzt den Stick aus der Tasche und übertrug alles auf den PC im Büro. Karin nahm sich den Terminkalender vor. Und tatsächlich. Da gab es mehrere Eintragungen mit dem Namen Trautmann. Einige Male: *Hannelore anrufen*. Tina sah jetzt im PC, dass es eine Sonderliste gab, auf der auch der Name Jäger stand. Ferner fanden sie den Namen Brüggen, allerdings kursiv, auch Storm und Morgenroth gab es dort. Und es gab noch drei weitere Namen: Otto Lüdenscheidt aus Alvesloe, Siegfried Hollermann aus Buxtehude und Dr. Gutfried Tonn aus Sülfeld. Ob diese Männer noch lebten? Auf jeden Fall planten sie, dieser Frage demnächst nachzugehen. Beide diskutierten noch zwei Stunden die Ergebnisse. Dann fuhr Tina mit ihrem Fahrrad nach Hause und Karin übernachtete im Büro.

*

Anneliese Jäger und Benno Baufeld saßen um 10 Uhr im Büro der

Rechtspflegerin Sabine Wolf. Sie stellten zu Protokoll den Antrag auf Bestellung eines Abwesenheitspflegers und konnten einige Fakten dazu benennen.

„Die Sache ist nicht einfach", begann die Rechtspflegerin, „und dass Ihr Sohn ermordet wurde, lässt sich zumindest aktuell nicht nachweisen. Aber richtig ist, dass sie die Vollmacht im vermuteten Interesse von Johann Jäger ausüben muss, jedenfalls solange die Lebensvermutung besteht." –

Die Rechtspflegerin vom Amtsgericht in Pinneberg ließ sich von der Eilbedürftigkeit der Sache überzeugen und ordnete sofort die Abwesenheits-pflegschaft an. Auf Nachfrage bestellte sie Benno Baufeld, weil der sich mit dem Hof gut auskannte und auch für dieses Amt bereit war. Er wurde wegen der Eilbedürftigkeit sofort verpflichtet und erhielt einen Ausweis.

*

Einen Tag später:

Karin hatte an diesem Tag keinen verabredeten Kurs in ihrem Fitness-Club zu leiten und organisierte einige wichtige Dinge rasch morgens um 9 Uhr, um schnell ins Büro in der Dorotheenstraße zu fahren. Die ganze Sache ließ ihr keine Ruhe. Sie schlief deswegen sogar schlecht und dachte ständig nach, was nun weiter zu ermitteln war. Die drei bisher unbekannten Namen auf einer Sonderliste würden vielleicht noch mehr Morde bedeuten. Sie kam um 10.30 Uhr im Büro an und öffnete zuerst ein Fenster, da durch die Wärme – es sollten jetzt Anfang Mai sogar 25 ° werden – die Luft stickig war. Sie trug passend dazu eines ihre schönen leichten Sommerkleider, nämlich ihr weißes, das das sehr kurz war und ihre Körperformen leicht durchschimmern ließ. Dann setzte sie sich an den Schreibtisch und studierte noch einmal alle Listen, die Tina kopiert hatte. Sie suchte in mehreren Suchmaschinen nach den drei Namen, die sie auf der besonderen Liste noch gefunden hatten. Nur dieser Dr. Gutfried Tonn aus Sülfeld war zu finden. Es gab auch eine Webseite von ihm. Er war Kinderarzt, nach dem Foto zu urteilen offenbar schon über 60 Jahre alt und auf der Webseite pries er seine Dienste an. Von den anderen beiden Männern hatte sie nur die Adressen aus der Liste. Sie überlegte nicht lange und beschloss, sofort nach Sülfeld zu fahren und sich ein eigenes Bild dort zu machen.

Nach einer halben Stunde Fahrt kam sie in Sülfeld an. Das Objekt gemäß Adresse aus der Webseite fand sie schnell. Es war ein älteres schönes Wohnhaus mit größerem Anbau und großen Wintergarten sowie gut gepflegter Gartenanlage. Es gab kein Schild, das auf einen Kinderarzt hinweisen würde. An der Außenpforte stand auf einem Messingschild der Name *Thomas und Sabine Gundermann*.

Karin ging zur Haustür und betätigte den Klingelknopf. Es dauerte so lange, dass Karin schon zurückgehen wollte. Aber dann hörte sie Schritte und eine Frau, gekleidet nur mit einem hellgrauen Morgenmantel öffnete die Tür.

„Sind Sie Frau Gundermann?" fragte Karin.

„Ja, was ist?" kam die Antwort und Frage. Frau Gundermann fühlte sich offenbar gestört.

„Dieses Anwesen gehörte früher einem gewissen Dr. Gutfried Tonn. Haben Sie von ihm das Grundstück erworben?" –

„Warum wollen Sie das wissen?" kam es etwas genervt zurück. „Ich muss Ihnen überhaupt nichts über unsere Verhältnisse erzählen." -

„Frau Gundermann, wir, also mein Partner und ich, wir ermitteln als Privatdetektive in einer Mordserie und wir haben den Verdacht, dass dieser Dr. Tonn auch verstorben ist und möglicherweise ohne natürliche Ursache. Bitte! Ich würde gern eine halbe Stunde mit Ihnen darüber reden."

Karin dachte, dass sie damit auch die Neugierde geweckt hätte. Frau Gundermann überlegte nur ganz kurz. Dann ging sie einen Schritt zurück und bat Karin, hereinzukommen. Sie wurde durch einen sehr schön gestalteten Hausflur in ein Wohnzimmer geleitet. Auch dort war alles sehr schön eingerichtet. Einige antiquarische Möbel waren gut platziert und die Sitzgruppe aus feinen weißen Leder passte zu den stoffbezogenen Wänden, die einen leichten weißen Glanz besaßen. Bilder in Goldrahmen zogen ihre Blicke an. Und dann sah sie durch das Fenster in den hinteren Garten. Ein großer Swimmingpool war zu sehen und es sah so aus, als ob Frau Gundermann dort gerade badete, als Karin die Klingel betätigte. Frau Gundermann war etwa so alt wie Karin, hatte lange dunkle ins Braune gehende Haare und eine schlanke Figur. Als sie sich ihr gegenüber auf der Couch setzte, sah Karin, dass der Bademantel sich kurz öffnete. Sie hatte offenbar nackt im Pool gebadet.

Plötzlich erschien ein junges Mädchen in Sportkleidung.

„Das ist meine Tochter Tanja", erklärte Frau Gundermann, „und wird jetzt Ihren Getränkewunsch erfüllen."

Karin bat nur um ein Mineralwasser. Die Tochter kam schnell mit Gläser und einer Flasche Mineralwasser aus der Küche zurück. Sie stellte alles auf den Glastisch und verabschiedete sich freundlich, da sie zum Sport müsse.

„Also, wir kennen diesen Dr. Tonn nicht, haben natürlich davon gehört, dass er früher hier gewohnt hat und Kinderarzt war. Das Anwesen haben wir über den Immobilienmakler Trautmann in Hamburg erworben." –

„Wer war denn Eigentümer?" –

„Das war eine Frau. Die haben wir nie kennengelernt. Sie wurde in allen Dingen von diesem Trautmann vertreten." Jetzt klang die Auskunft irgendwie abschließend.

Karin bekam das Gefühl, dass die Frau sich irgendwie vorsichtig äußerte und bedeckt hielt.

„Das wird eine Frau Hannelore Müller gewesen sein", sagte Karin und sah nun gespannt in das Gesicht von Frau Gundermann.

Jetzt wurde Frau Gundermann unruhig, stand auf und sah aus dem Fenster zum Pool.

„Ach, wissen Sie, mich interessiert das alles nicht. Wir haben das Anwesen korrekt gekauft und wollen in alte Sachen nicht verwickelt werden." –

„Dieser Dr. Tonn ist auch verstorben und es könnte sein, dass das kein natürlicher Tod war!" sagte Karin nun mit einem sehr bestimmten Ton.

Frau Gundermann überlegte kurz.

„Bitte belästigen Sie mich nicht weiter mit diesen Geschichten. Das alles geht uns nichts an und ich möchte jetzt, dass Sie gehen!"

Karin spürte, dass die Frau mehr wusste und jetzt von den Fragen erkennbar nervös wurde. Sie stand auf, bedankte sich kurz und verließ das Haus.

Als sie aus der Haustür trat, sah sie einen älteren Mann gegenüber. Der bemühte sich gerade, einen Rasenmäher zu starten. Er riss mehrmals an dem Startseil, aber es tat sich nichts. Karin kam an den Zaun und rief ihn, ob er kurz Zeit hätte.

„Ich habe nie Zeit!" schrie er ihr ziemlich laut zu.

„Sie kannten doch bestimmt Dr. Tonn. Was ist eigentlich passiert, nachdem er diese Frau Müller kennengelernt hatte?" fragte sie nun sehr direkt.

Der Mann stellte sich nun aufrecht hin und überlegte. Er kratzte sich unter seiner Mütze, einem schwarzen Elbsegler, kam nun näher und betrachtete Karin kritisch von oben bis unten. Sein Gesicht war mürrisch und mit tiefen Furchen versehen.

„Warum wollen Sie das wissen?" fragte er nun etwas neugierig geworden.

„Mein Partner und ich sind Privatdetektive. Wir ermitteln gegen diese Frau Müller und haben einen schlimmen Verdacht." –

„So, so!" kam es nun vom ihm. „Sie haben einen Verdacht. Den habe ich schon lange!"

Karin antwortete nicht sofort. Sie wollte die Neugierde dieses alten Griesgrams noch etwas verstärken und fragte dann nur:

„Wollen Sie mir helfen? Dann erzähle ich Ihnen auch was." –

„Na gut, kommen Sie. Wir setzen uns hinter das Haus. Ich habe da einige Gartenstühle."

Karin folgte ihm. Die kleine Gartenpforte quietschte und rief laut nach Öl. Die kleinen Betonplatten, die zum Haus und um das Haus führten, waren alle krumm und abgesackt. Sie musste aufpassen, um nicht mit ihren hohen Hacken umzuknicken. Hinter dem Haus, es war ein altes etwas heruntergekommenes Siedlungshaus aus den 60er-Jahren, standen auf einer Terrasse drei sehr alte Gartenstühle, deren Flechtzeug schon an mehreren Stellen gerissen war. Auf dem Tisch standen zwei leere Bierflaschen und ein großer Aschenbecher aus schwerem Kristallglas.

„Da, setzen Sie sich!" rief er ihr mit rauer Stimme zu und zeigte auf einen Stuhl, der immerhin mit einem Kissen bedacht war.

Karin setzte sich und der alte Griesgram nahm gegenüber auf einen Stuhl Platz und sah nun ungeniert Karins Beine an, die von ihrem kurzen Kleid wenig bedeckt waren. Sie dachte, dass es wahrscheinlich von Vorteil sei, wenn ihre Weiblichkeit nicht versteckte.

„Ja, dieser Tonn", fing der alte Mann plötzlich zu reden an, „war ein Narr! Kaum verwitwet musste er sich nach einer jungen Frau umsehen."

„Ich weiß. Das war Hannelore Müller. Die hat schon mehrere Männer überlebt." –

„Dieser Tonn hatte es auch mit kleinen Kindern!" kam es überraschend von dem alten Mann. „Mir war dieser Mensch nie ganz geheuer. Als Kinderarzt mit gutem Ruf, aber ich hatte mehr gesehen. Er war nämlich ein Schwein!" –

„Wurde er deswegen auch angezeigt?" fragte Karin überrascht von dieser Anschuldigung.

„Soweit ich weiß hatte nur eine Mutter mal einen Verdacht. Aber da ist wohl nichts draus geworden. Angeblich hat er das Kind ja nur behandelt. Jedenfalls hörte ich das von einem Nachbarn, der aber weggezogen ist." –

„Was haben Sie denn gesehen?" –

„Ich habe bei ihm immer den Rasen gemäht und da konnte ich irgendwann in ein Kellerfenster sehen, das sonst immer von innen mit einem Vorhang oder mit Pappe geschlossen war. Da sah ich einen kleinen nackten Jungen, höchstens 5 Jahre alt. Der weinte und nur deshalb kam ich ja näher an dieses Kellerfenster. Und dann konnte ich noch knapp die Kamera und das Stativ sehen. Der hat nackte Kinder fotografiert. So einer war das!"

Jetzt kam die Empörung wieder richtig hoch bei ihm. Er steckte sich dann eine Zigarette an und blickte einfach in die Weite seines Gartens.

„Und diese Müller?" fragte Karin weiter.

„Ja, dieses Miststück hatte er verdient! Die kam hier immer aufgedonnert mit kurzem Rock und eleganten Hut im

Cabrio angefahren und schon am Eingang zum Haus umarmten sie sich auffällig, damit bloß alle diese Liebschaft mitbekommen und er sich rühmen konnte, als alter Bock noch so eine junge Frau erobert zu haben." Er spie jetzt abfällig aus und nahm einen Zug an der Zigarette.

„Hatte er die Müller dann geheiratet?" –

„Klar! Die ließ sich dann als Frau Doktor anreden!" Der alte Mann lachte dabei spöttisch und sah wieder Karin an.

Jetzt erst bot er ihr ein Bier an. Sie lehnte aber freundlich ab und schlug ihre Beine anders herum übereinander und gerade in dem Moment, wo seine Blicke dort erstarrten.

„Wie ist er dann gestorben?" wollte Karin nun zur Sache kommen.

„Der ist in seinem Pool ertrunken. War wohl sternhagel-blau. Gesoffen und gefeiert haben die draußen, kann ich Ihnen sagen. Laut und angeberisch. Und da ist er wohl in den Pool gefallen und die Hure hat ihn wohl dort ertrinken lassen oder sogar nachgeholfen. Ich will nicht zu viel sagen." –

Der alte Mann lachte wieder spöttisch dazu und öffnete sich ein weiteres Bier.

„Wissen Sie eigentlich, wie die beiden sich gefunden haben?" –

„Nee, keine Ahnung. Die war auf einmal da." –

„Hat der Tonn mal was mit Landwirtschaft zu tun gehabt?" –

„Keine Ahnung. Aber der hatte in Hamburg Immobilien. Die hat er irgendwann mit hohem Gewinn verkauft. Damit hatte er bei mir sogar angegeben. Ich hatte nur mit den Schultern gezuckt. Mir konnte er damit doch nicht kommen. Er war einfach ein richtiges Arschloch."

Karin bedankte sich für die Auskünfte und wollte nun wieder zurück. Über den Todesfall Tonn musste sie noch mehr in

Erfahrung bringen. Der alte Griesgram, der auf einmal richtig nett zu ihr wurde, begleitete sie noch bis zur Gartenpforte und winkte ihr sogar freundlich nach.

*

„Was wollen Sie eigentlich? Ich habe eine Generalvollmacht!" hielt die Müller laut dagegen, als Benno Baufeld bei ihr an der Haustür klingelte und sich als Abwesenheitspfleger ausgab. Er überreichte ihr eine Kopie des Gerichtsbeschlusses und antwortete:

„Das ist richtig", antwortete er, „aber Sie haben damit auch Pflichten übernommen. Sie haben schon gegen die Interessen von Johann verstoßen und die Schweine verkauft. Da sind Sie zu weit gegangen!"

„Das wollte übrigens Johann auch. Und die Rinder werde ich auch verkaufen, ob Sie das wollen oder nicht!" Jetzt wurde die Müller lauter, kam näher heran und nahm dadurch eine drohende Haltung ein. Immerhin war sie genauso groß wie Benno Baufeld.

„Johann wollte keine Veränderung im Betrieb! Das wissen wir alle! Wir werden Schadenersatz verlangen. Sollten Sie auf mich nicht hören, kann ich auch die Vollmacht widerrufen oder Ihnen gerichtlich die Verwaltung des Hofes entziehen lassen!"

Das saß. Die Müller wurde nun etwas unsicher. Immerhin hatte Benno seine Befugnisse vom Gericht erhalten. Hannelore Müller überlegte nur kurz:

„Ich werde einen Rechtsanwalt beauftragen. Das letzte Wort ist hier noch nicht gesprochen. Und jetzt hau ab, sonst werde ich ungemütlich!"

Benno Baufeld war eigentlich kein ängstlicher Typ. Aber diese Frau, der sie zwei Morde unterstellten, war nicht zu unterschätzen. Sie stand mit engen Jeans, einem dunkelblauen Tshirt und hohen Stiefeln im Türrahmen und hielt seinem Blick stand.

„Wir sprechen uns noch!" drohte nun Benno. „Außerdem wollen wir, dass Sie hier bald ausziehen." –

Sie lachte laut und hämisch. „Willst du mich etwa hier rausschmeißen? Vorher jage ich dich vom Hof!"

Benno Baufeld wurde durch die freche Art etwas verunsichert. Er wendete sich ab und ging über die Auffahrt zum Altenteiler-Haus, wo Anneliese Jäger auf ihn wartete. Beim Kaffee berieten sie sich und fassten einen Plan.

*

Zwei Tage später:

Tobias Alff wurde von Karln am Hauptbahnhof abgeholt. Sie umarmten sich herzlich und fuhren zuerst in die Wohnung. Karln berichtete ihm die letzten Ergebnisse und dass sie auf der Sonderliste noch zwei Namen hatten, deren Schicksal sie noch feststellen mussten.

„Ich denke, du solltest jetzt mit diesem Kommissar Vogel aus Pinneberg Kontakt aufnehmen. Das war doch der Mann, mit dem du vor mir eine Zeitlang zusammen warst?" –

„Ja, wir waren nur fast ein Jahr zusammen. Mir wurde das mit ihm zu eng." –

„Also, der ist doch zuständig für die Ermittlungen betreffend Johann Jäger. Der würde sich einerseits für unsere Ermittlungen interessieren und er könnte doch zu den weiteren Fällen, die jetzt auf dieser Liste sind, die alten Akten beiziehen."

Tobias Alff kannte diesen Kommissar nur von Karins Erzählungen. Aber eine Zusammenarbeit mit ihm könnte in der Sache weiterführen. Karin zögerte mit ihrer Antwort. Sie überlegte, ob sie diesen Mann wirklich treffen wollte. Sie waren nicht im Streit auseinander. Sie war ihm damals verfallen und er kontrollierte sie nur noch, engte sie total ein. Das hielt sie einfach nicht mehr aus.

„Ja, das ist eine gute Idee. Aber vorher würde ich gern noch die beiden anderen Männer auf der Liste suchen und sehen, ob sie noch leben."

Noch am selben Tag um etwa 15 Uhr sah sich Tobias im Büro die Listen und weiteren Ergebnisse an. Er war sich ziemlich sicher, dass der Tod von diesem Dr. Tonn polizeilich untersucht wurde. Da musste es Akten geben. Und da gab es noch einige ungeklärte Dinge. Da wäre ein Blick in die Grundakte und die Urkunden sicher interessant. Dann pfiff er durch die Lippen, als er den Terminkalender von Arno Tiefenbach durchsah. Dieser Mann war in die Machenschaften tief verstrickt und hatte sicher mitkassiert. Otto Lüdenscheidt aus Alvesloe, Siegfried Hollermann aus Buxtehude waren die beiden weiteren

Männer auf einer Sonderliste des Versicherungsvertreters.

Sie nahmen sich zuerst Otto Lüdenscheidt vor und fuhren mit Tobias alten Ford nach Alvesloe in die Dorfstr. 22. Es wurde 17 Uhr als sie dort auf den Hof fuhren. Ein alter Bauernhof, der ungepflegt und heruntergekommen aussah. Die zwei Scheunen sahen aus, als ob der Betrieb eingestellt war. An den Fenstern des Wohnhauses hingen alte vergilbte Gardinen. Als sie an die Haustür klopften, denn eine Klingel war nicht vorhanden, kam schlurfend ein alter Mann zur Tür.

„Ja, wer sind Sie? Was wollen Sie?" fragte er misstrauisch. Er mochte Mitte 70 sein, hager und gebeugt mit typischer Arbeitskleidung.

Tobias Alff stellte sich vor und fragte, ob sie es mit Otto Lüdenscheidt zu tun hätten.

„Ja, das bin ich", antwortete der alte Mann, „und ich kaufe trotzdem nichts!"

Karin versuchte ihm jetzt den Anlass ihres Besuches klar zu machen. Der Mann verstand langsam und als sie von Hannelore Müller sprach, machte der alte Mann eine abwehrende Handbewegung.

„Die wollte mich damals heiraten. Aber die konnte nicht arbeiten. Und sie wollte nicht auf dem Hof mit anpacken. So eine Frau konnte ich nicht gebrauchen. Da habe ich sie vom Hof gejagt." –

„Dann ist ja alles gut!" sagte Tobias und beide verabschiedeten sich.

„Wir fahren gleich nach Buxtehude weiter. Dann haben wir das am selben Tag geschafft", schlug Karin vor, „und können am Abend evtl. schon einen Gesamtbericht für den Kommissar zusammenstellen."

Der Hof von Siegfried Hollermann aus Buxtehude lag ganz am Stadtrand

Richtung Tostedt. Ein älteres Bauernhaus wie es in der Gegend üblich ist stand ganz nahe an der Straße. Dahinter gab es neuere Lagerhäuser und noch weiter zurück konnte man ein langgestrecktes Gebäude erkennen, in dem offenbar Geflügel gehalten wurde. Tobias fuhr direkt in die Auffahrt neben dem Bauernhaus.

An der Haustür stand der Name Hollermann. Karin betätigte die Klingel. Keine Reaktion. Dann gingen beide um das Gebäude herum und sahen vor einem flachen Anbau eine Frau mit einer Harke ein Blumenbeet pflegen. Sie trug ein Kopftuch und eine bunte Kittelschürze. Als sie die Besucher bemerkte und sich umsah, schätzte Karin sie auf Ende 50.

Tobias erklärte ihr Anliegen und nannte auch den Namen Hannelore Müller und den Namen des Versicherungsvertreters Tiefenbach.

„Ich wollte sowieso jetzt eine Pause machen und Kaffee trinken. Kommen Sie mit in die Küche." Die Frau ging voran und bot in der großen Bauernküche Platz an einen sehr langen Tisch an. Sie hatte bereits Kaffee in einer großen Thermoskanne stehen und stellte nun Tassen, Milch und Zucker hin. Karin bediente sich und schenkte auch Tobias eine Tasse Kaffee ein. Als die Frau sich dazusetzte, begann sie zu erzählen.

„Mein Bruder Siegfried hatte vor 8 Jahren eine Frau gesucht und bekam von Herrn Tiefenbach den Tipp, die Tanzveranstaltung hier in der Nähe zu besuchen. Er könne da auch was organisieren. Und da lernte mein Bruder diese Frau kennen. Angeblich war es Liebe auf den ersten Blick. Sie zog hier ganz schnell ein, war aber immer mehrere Tage weg. Mein Bruder war zwar schwer verliebt, aber mit der Hochzeit hatte er es nicht so eilig, obwohl diese Frau ihn wohl drängte. Als sich das alles hinzog, wurde sie immer zickiger und frecher. Da bin ich dieser Frau heimlich hinterher gefahren und konnte sehen, dass sie mit einem Makler in Hamburg zusammen lebte. Als mein Bruder das erfuhr, stellte er sie zur Rede. Es gab einen schlimmen Streit und er warf ihr vor, eine Heiratsschwindlerin zu sein. Da gab es eine Schlägerei und plötzlich hörten wir seine Schreie. Wir kamen sofort dazu und trennten die beiden. Sie hatte ihn mit Tritten schwer im Unterleib verletzt und wir mussten einen Krankenwagen rufen. Mein Bruder erstattete dann Strafanzeige bei der Polizei." –

„Wurde sie später verurteilt?" fragte Tobias.

„Das Verfahren wurde gegen eine Geldbuße eingestellt. Sie hatte dann behauptet, sich nur zur Wehr gesetzt zu haben. Sie war total falsch." –

„Und Ihr Bruder, wie geht es ihm?" wollte nun Karin wissen.

„Der hatte lange Zeit Schmerzen und konnte nicht arbeiten. Und dann wurde seine Wut so groß, dass er leider diesen Makler in Hamburg zur Rede stellen wollte. Der Makler schlug ihn ganz furchtbar zusammen. Er kam blutend hierher zurück, brach dann aber vor uns in der Küche zusammen. Auf den Weg ins Krankenhaus verstarb er." –

„Das ist ja eine dramatische Geschichte! Wir haben tatsächlich genug Hinweise, dass diese Frau nicht nur eine Heiratsschwindlerin ist, sondern eine schwarze Witwe."

Die Frau staunte und war erschrocken zugleich.

Karin und Tobias bedankten sich dann für die Auskunft und verabschiedeten sich freundlich. Auf den Weg nach Hamburg war beiden klar, dass es auch zu dieser Geschichte polizeiliche Ermittlungen gegeben haben muss. Kommissar Vogel könnte alle diese Vorgänge zu sich holen und dann würde sich das Bild vervollständigen. Noch in der Wohnung beim gemeinsamen Abendessen und später beim Rotwein gab es zwischen Tobias und Karin nur dieses eine Thema.

*

Einen Tag später:

„Hallo Torge!" meldete sich Karin als sie früh am Morgen den Kommissar Vogel in Pinneberg anrief. „Ich würde dich gern auf deiner Dienststelle besuchen. Mein Partner, Tobias Alff und ich haben viele interessante Ermittlungsergebnisse gegen Frau Hannelore Müller zusammen. Also es geht um das Verschwinden von Johann Jäger in Radesdorf." –

„So eine Überraschung!" kam es zurück. „Lange nichts von dir gehört. Ja, ich bin heute Nachmittag im Büro. Du kannst gern kommen. Ich freu' mich." –

„Super, dann bin ich so um 16 Uhr bei dir!" sagte Karin und beendete damit das Gespräch. Sie war ein wenig aufgeregt und als sie seine Stimme hörte, kamen viele Emotionen und Erinnerungen hoch. Karin stellte alle Ergebnisse ihrer Ermittlungen chronologisch und nach dem jeweiligen Opfer zusammen. Sie kopierte alles und das Papier füllte schon einen ganzen Ordner.

Tobias war noch unterwegs, um Frau Jäger zu informieren, denn sie war ja seine Auftragsgeberin. So packte Karin alles in eine große Tasche und als sie gerade losfahren wollte, sah sie in den Spiegel, der im Schlafzimmer neben Tobias Büro an der Wand hing. Wegen der Hitze, die jetzt im Mai schon da war, trug sie ein kurzes schwarzes Tshirt-Kleid. Sollte sie doch lieber mit Jeans und Top zu Torge Vogel fahren? Sie suchte im Schrank und stellte fest, dass ihre Jeans nicht da war. Dann sah sie auf die Uhr und beschloss, so wie sie jetzt war loszufahren.

Etwa 45 Minuten später traf sie bei der Polizei in Pinneberg ein und betrat das

Büro von Torge Vogel. Er schaute erfreut hoch, stand auf und begrüßte sie mit einer Umarmung. Torge Vogel war Anfang 40 und hatte eine schlanke sportliche Figur. Er trug eine gute Jeans, blaues Hemd mit dezenten Streifenmuster und über seine Stuhllehne hing ein schwarzes Sakko. Auf Karin hatte er damals schon viel Eindruck gemacht und mit seiner sonoren tiefen Stimme schwang auch jetzt wieder eine Prise Erotik mit. Dann bot er ihr den Stuhl vor seinem Schreibtisch an. Karin holte aus ihrer Tasche die Mappe heraus, die sie umfangreich zusammengestellt hatte. Sie überreichte sie dem Kommissar.

„Du siehst gut aus!" bemerkte er dann und schlug die Mappe auf.

Karin wurde etwas nervös, begann dann aber den Fall und ihre Ermittlungen zu erläutern. Torge Vogel war selbst neugierig geworden und wollte die Akten aller Fälle beiziehen. Vielleicht ist ja etwas übersehen worden.

„Ich denke, dass wir uns in einer Woche die Akten ansehen können. Ich werde mich sofort bei dir melden." Er sah Karin in die Augen und wurde dann privat:

„Bist du noch mit diesem Detektiv zusammen?" fragte er.

„Ja, wir leben seit 3 Jahren zusammen. Ich helfe oft mit." –

„Ich bin nach einer kurzen Beziehung wieder Solo!" Vogel seufzte dabei. „Wollen wir jetzt noch was essen gehen?" –

„Ich habe heute nicht die Zeit dazu", erwiderte Karin, „Tobias wartet auf mich."

Sie stand auf, um sich zu verabschieden. Er erhob sich auch.

„Ich bringe dich noch zum Auto. Wo stehst du?" –

„Ich bin hier nebenan auf dem Parkplatz des Supermarktes."

Beide verließen das Gebäude und liefen eine Nebenstraße weiter zum Parkplatz. Karins roter Golf stand ganz am Rand. Bevor sie einsteigen wollte, drehte sie sich ihm zu und lehnte sich dabei an ihren Wagen. Er stand dann ganz nah vor ihr und dann umfasste er ihren Körper und gab ihr einen Abschiedskuss. Es war wie früher und über ihren Körper zog ein wohliger Schauer. Als sein Kuss länger und intensiver wurde, wich sie zuerst noch aus, aber dann erwiderte sie seinen Kuss mit zunehmender Leidenschaft. Seine Hände glitten unter ihr Kleid. Ihr Puls stieg und die Gedanken jagten durch ihren Kopf. Sie konnte schon früher diesem Mann kaum widerstehen. Aber dann gab sie sich einen Ruck und drückte ihn etwas zurück.

„Nein!" sagte sie sanft, aber bestimmt. „Es geht nicht. Ich habe dir damals gesagt, dass ich den besten Sex mit dir haben kann, aber wir können nicht zusammenleben."

Torge Vogel zog seine Hände von ihr zurück und nickte nur. Sie stieg nun in ihren Golf ein und er lächelte ihr zu, schloss die Fahrzeugtür und blieb noch eine Weile stehen, bis sie vom Parkplatz auf die Straße einbog.

*

Am nächsten Tag hatte Karin im Fitnessclub viel zu tun. Außerdem hatte sie mit Kona, dem Kickbox-Trainer, einen ersten Trainingsversuch verabredet. Deshalb kam sie erst um 18 Uhr bei Tobias Alff im Büro an. Nach dem Duschen setzte sie sich mit ihm zusammen und trank ein kühles Bier. Er hatte sich den Tag über noch einmal alle Ergebnisse ihrer Ermittlungen genau angesehen und eine Idee.

„Wir sollten dem Trautmann eine Falle stellen", begann er und holte sich jetzt auch eine Flasche Bier aus dem

Kühlschrank, „und mit Glück könnten wir ihn für einen Mord dann überführen." –

„Ja, wir müssen etwas unternehmen, um ihn aus der Reserve zu locken. Auch dieser Dr. Tonn ist sicher umgebracht worden." –

„Wir konfrontieren Trautmann damit, dass wir für den Mord an Storm einen Zeugen haben. Der weiß natürlich, wer das nur sein kann. Dann müssen wir aber Heini Möller in Sicherheit bringen. Die werden ihn umbringen wollen. In seiner Bude werde ich dann Kameras anbringen. Wir können Morgen gleich in sein Büro fahren und ihn provozieren."

Karin war begeistert von der Idee. Aber wohin mit Heini Möller? Sie überlegten hin und her. Karin hatte dann die Idee, ihn im Fitnessclub unterzubringen. Sie haben ja dort so eine Art Gästezimmer. Da könnte er eine Weile wohnen.

Beide planten die Schritte noch genauer und wollten gerade essen gehen, als Tina anrief:

„Wie war es mit Kona?" fragte sie sofort.

„Ja, richtig gut. Ich werde jetzt eine schwierige Beinarbeit trainieren und den Sandsack verhauen." –

„Dann können wir ja bald einen ersten Kampf bestreiten." Tina hörte sich richtig begeistert an.

„Nein, nein. So schnell nicht. Da würde ich ja nicht die erste Runde überleben. Kona meinte, dass ich nach 2 Wochen Training höchstens mal gegen Melanie antreten könnte." –

„Die wird morgen 13 und ist total schnell. Da würde ich eher mit dir einen Trainingskampf machen. Wir sehen uns dann wahrscheinlich Morgen. Ich bin ab 13 Uhr beim Training. Danach kann ich zu Euch ins Büro kommen." –

„Super! Ich freu mich."

*

Am nächsten Tag besuchten Karin und Tobias schon früh um 10 Uhr Heini Möller. Tobias hatte Kameras und weiteres Installationsmaterial dabei. Die Wahrscheinlichkeit war einfach groß, dass Heini gefährlichen Besuch bekommen würde. Sie müssten nur Heini überzeugen, für einige Zeit auszuziehen. Als sie bei ihm eintrafen, freute sich Heini. Wieder trug er nur seinen übel riechenden Schlafanzug und Holzpantoffel.

Tobias versuchte ihm mit einfachen und eindringlichen Worten verständlich zu machen, dass er in großer Gefahr sei. Er verstand es nicht. Erst als Karin ihn mit einer fürsorglichen Stimme alles erläuterte, willigte er ein. Sie packten einige wenige Sachen in eine Plastiktüte ein. Tobias installierte zwei Kameras, die mit Bewegungsmelder arbeiteten und Bilder sofort auf sein Smartphone schickten. Eine, die den Eingangsbereich vor der Haustür erfasste und eine drinnen für den Wohnraum, den Heini auch zum Schlafen nutzte. Heini stieg hinten in den alten Ford ein und Karin setzte sich zu ihm. Er brauchte das Gefühl, umsorgt zu sein und dazu war sie einfach besser geeignet.

Im Fitnessclub wurde er in einen der hinteren Räume gebracht, der für Gäste mit Schlafcouch, Tisch und Schrank eingerichtet war. Hier würde ihn niemand vermuten. Karin kaufte ihm schnell noch neue Sachen: Unterhosen, eine Jeans, zwei Poloshirts und Sandalen. Und auch einen Schlafanzug. Seine eigenen Sachen hätten schon lange gewaschen werden müssen. Karin musste sich am Anfang fast ununterbrochen um ihn kümmern. Der Ortswechsel war für ihn allein schon problematisch. Sie beschloss, im Nebenraum zu nächtigen. Er war ja der einzige und wichtigste Zeuge. Er musste betreut und bewacht werden.

Kurz nach Mittag traf Tina im Fitnessclub ein, um zu trainieren und Karin machte etwa eine Stunde mit. Die besondere Beinarbeit war sehr anstrengend.

Karin ging nach dem Training und nachdem sie ausgiebig geduscht hatte wieder zu Heini und schärfte ihm ein, auf keinen Fall die nächste Zeit das Haus zu verlassen. Um 17 Uhr zog Karin sich um und fuhr zusammen mit Tina zu Tobias ins Büro. Er hatte inzwischen mit seinem Freund, den Notar Burgenhausen, telefoniert und ihm einige Unterlagen zugefaxt. Burgenhausen wollte sich nun umgehend um den Fall Dr. Tonn kümmern.

Tina setzte sich sofort an den Computer und versuchte dort über Dr. Tonn noch etwas zu finden. Karin holte vom Bäcker belegte Brötchen und die drei setzten sich dann zum Schluss gemütlich zusammen. Nach dem gemeinsamen Essen brachte Karin Tina nach Hause und verbrachte mit Tobias einen schönen

Abend bei Kerzenschein mit Rotwein und den sich anschließenden Hormonschüben.

*

Am nächsten Tag wurden entscheidende Schritte unternommen. Aber einige Ereignisse überschlugen sich. Zuerst fuhr Tobias nach einem ausgiebigen Frühstück mit Karin zum Immobilienbüro Trautmann in der Gärtnerstraße. Trautmann war um 11 Uhr selbst im Büro zusammen mit seiner attraktiven Angestellten, die wieder ein etwas aufreizendes korallrotes Minikleid trug. Trautmann war wie immer geschäftsmäßig gekleidet. Als Tobias Alff in das Büro eintrat, war beiden klar, dass er nicht als Kunde kam. Der letzte Auftritt dort löste schon Unsicherheit und Unruhe aus.

„Was wollen Sie, Alff?" fragte Trautmann sofort provokant.

Er stand vom Nebentisch auf und stellte sich dem Besucher demonstrativ entgegen. Er war größer als Tobias Alff und sah ihm fest in die Augen. Seine Angestellte saß wie immer an einen kleinen Schreibtisch, hinter einem relativ großen Bildschirm.

„So, Trautmann, wo ist Johann Jäger? Ich gehe davon aus, dass er von Ihnen und Hannelore Müller ermordet wurde. Da ist etwas schief gegangen. Und jetzt haben wir frühere Fälle ermittelt und im Falle Storm einen Zeugen des Mordes gefunden. Es gibt weitere Hinweise, ja sogar zwingende Indizien für einige weitere frühere Fälle. Geben Sie auf! Die Sache fällt Ihnen jetzt auf die Füße!"

Tobias Alff redete klar und mit sicherer Stimme. Trautmann schwieg zunächst. Alff sah, dass es in ihm arbeitete. Er wurde jetzt von diesen Aussagen kalt erwischt. Aber er blieb cool und kam dann einen Schritt näher.

„Raus!" rief er laut und drohend.

Tobias Alff nickte nur und ging ohne ein weiteres Wort aus dem Immobilienbüro hinaus. Jetzt hatte er die richtige Unruhe ausgelöst und er war sicher, dass Trautmann in die Falle gehen würde.

*

Im Fitnessclub nahm Karin sich den ganzen Vormittag Zeit für Heini Möller. Er war unsicher geworden, bekam zwischendurch Orientierungsprobleme. Ihm fehlte der Alkohol. Dadurch wurde er unruhig und war nicht so gut aufnahmefähig. Karin erkannte das und besorgte ihm einfachen Weinbrand, den Heini immer täglich schon vom Tagesanbruch an zu sich nahm. Das beruhigte ihn sichtlich. Nach einem Mittagsimbiss wurde er müde und legte sich auf die Couch, zugedeckt mit einer Wolldecke und schlief ganz ruhig ein.

Karin konnte noch rechtzeitig einen Rückenkurs mit älteren Damen durchführen und ging dann zum Kickbox-Training. Sie lernte dabei die junge Melanie kennen und gratulierte zum 13. Geburtstag. Kona, der Trainer, trieb Karin aber heftig an, diesmal zum Boxen auf einen Sandsack. Um 15 Uhr kam auch Tina zum Training dazu.

*

Und in Radesdorf eskalierte die Situation.

Am späten Nachmittag erschien Hannelore Müller mit ihrem Mini in Radesdorf und betrat eilig das Bauernhaus. Sie trug wieder ein schwarzes Kleid, knielang und schwarze Leggins. Zielstrebig ging sie in das kleine Büro neben dem Wohnzimmer. Aus verschiedenen Schubladen und Regalfächern zog sie Unterlagen, Verträge, Kartenmaterial und Briefverkehr heraus. Sie hatte einen Pilotenkoffer auf einen der Stühle stehen und packte alles ein. In dem Moment betrat Benno Baufeld die Wohnung im Erdgeschoss. Er wollte ihr nochmal Druck machen und zum Auszug notfalls zwingen. Mit Anneliese Jäger und seiner Frau Maria hatten sie diesen Plan ausgedacht. Benno war sich sicher, dass sein Amt als Abwesenheitspfleger mit der Befugnis verbunden war, die Müller aus dem Haus zu jagen. Notfalls mit Gewalt. Er hatte die rechtliche Situation aber teilweise falsch verstanden. Allerdings sah es auch schon so aus, als ob sie ihren Auszug vorbereitete. Er hörte beim Eintreten, dass die Müller im Büro war. Er ahnte schon, dass sie Papiere mitnehmen will, die ihr nicht gehörten. Im Nu stand er im Türrahmen zum Büro und sah den Pilotenkoffer und noch diverse Papiere auf den Schreibtisch.

„Das bleibt alles hier!" rief er ihr schneidend und laut zu.

„Raus!" schrie sie nur. „Noch wohne ich hier!" –

„Übermorgen bist du weg, ist das klar. Und alles aus dem Büro bleibt hier!" –

„Hau ab!" schrie sie und kam sogar zwei Schritte fast drohend auf ihn zu.

Benno wich unwillkürlich einen Schritt zurück. Dann griff er aber blitzschnell den Pilotenkoffer vom Stuhl. Er ging einige Schritte rückwärts ins Wohnzimmer und warf den Koffer zur Seite auf die Couch. Der Pilotenkoffer fiel von der Couch zu Boden und einige Papiere rutschten dabei heraus. Sie folgte Benno mit entschlossenen Schritten nach und stieß ihn zur Seite weg. Benno war von dem Angriff überrascht. Er hätte nicht gedacht, dass sie ihn angreifen würde. Er stolperte dabei leicht zurück und wäre fast über einen Teppichläufer, der vor dem Kamin lag, gefallen. Am gemauerten Kaminsims konnte er sich festhalten. Kaum dass er das Gleichgewicht wiederfand, trat sie zu. Sie wollte ihn in seine Geschlechtsteile treten. Benno konnte gerade noch einen halben Schritt zurückweichen. Sie traf deshalb nicht richtig. Ihr spitzer Schuh traf aber mit viel Wucht bei ihm die Magengegend. Der Tritt war heftig. Benno krümmte sich. Er drehte sich abwehrend seitlich von der Müller weg, weil er eine weitere Attacke ahnte. Er musste jetzt Abstand von dieser Furie bekommen. Ihre Aggressivität kam für ihn völlig überraschend. Damit sie nicht noch nachtreten konnte, schlug er noch leicht gebeugt mit der Faust irgendwie nach hinten und traf sie schmerzhaft an der Körperseite. Sie wich getroffen zurück und stützte sich am Kaminsims. In dem Moment sah sie die Feuerhaken, die an einem Gestell neben dem Kamin hingen. Und da griff sie sich einen der Feuerhaken. Und ehe Benno wieder richtig aufrecht vor ihr stand – er wollte ihr jetzt mit voller Wut einige Watschen geben – schlug sie mit dem Eisenteil zu. Am Ende gab es eine gekrümmte Spitze, mit der sie seinen Oberschenkel traf. Ein heftiger Schmerz durchzuckte sein Bein. Benno verzog das Gesicht und wich schnell weiter zurück. Und da kam der nächste Schlag und sollte seinen Kopf treffen. Zum Glück traf sie nicht voll. Benno konnte noch im letzten Moment etwas zur Seite ausweichen. Aber es gab eine Platzwunde an der Seite kurz über das linke Ohr. Er hielt seine Hand an die Stelle. Blut lief über seine Hand. Benno achtete für den Bruchteil einer Sekunde nicht auf sie. Da traf sie seine linke Körperseite hart. Benno entwich ein kurzer Schrei und wäre fast zu Boden gegangen. Er wich weiter zurück und wollte einen Stuhl greifen, um sie damit abzuwehren. Sie schlug aber vorher wieder zu. Und sie traf mit voller Wucht die andere Seite. Benno schrie wieder auf. Sie hatte mit so einer Wucht zugeschlagen, dass er sich krümmen musste und seine Beine einknickten. Er wollte sich noch an einen Stuhl festhalten, aber der kippte mit ihm um.

Die Müller kam näher, stand breitbeinig direkt vor ihn. Benno hielt schützend die Arme hoch, aber die Schläge trafen seinen Körper und dann traf ein heftiger Schlag auch sein rechtes Knie Er schrie wieder kurz auf und bekam jetzt richtig Angst. Ihm wurde in diesem Moment klar, dass er keine Chance mehr hatte. Benno rollte sich am Boden zur Seite weg und versuchte aufzustehen, um zu fliehen. Er hatte große Schmerzen. Sie stand direkt vor ihm drohend mit erhobenen Feuerhaken. Sie wartete ab bis er sich mühsam aufrappelte. Als er endlich stand, humpelte er gekrümmt und wortlos aus dem Haus. Mit dem angeschlagenen Knie konnte er sich kaum auf den Beinen halten. Draußen vor der Haustür kamen ihm die anderen beiden Frauen schon entgegen und stützten ihn gerade noch, bevor er wieder zu stürzen drohte.

Hannelore Müller packte dagegen ungerührt die restlichen Unterlagen in den Pilotenkoffer, lief selbstbewusst aus dem Haus an Benno und den beiden Frauen vorbei zu ihrem Mini. Benno wurde in das Altenteiler-Haus geführt und setzte sich mit schmerzverzerrtem Gesicht auf einen der großen Sessel im Wohnzimmer. Der Hausarzt Dr. Falter wurde gerufen und versorgte Benno mit fachgerechten Verbänden und Schmerzsalben.

„Wir rufen jetzt auch Timmermann und erstatten Anzeige!" bestimmte Anneliese Jäger. Sie war so erbost und hätte am liebsten das Jagdgewehr ihres verstorbenen Mannes genommen und die Müller erschossen. Benno erstattete Anzeige wegen Körperverletzung. Später kam die Anzeige der Müller gegen ihn wegen versuchter Vergewaltigung und Hausfriedensbruch. Sie habe sich nur gewehrt.

*

In der Nacht näherte sich ein schwarzer Mercedes dem Dorf Haselau. Es war sehr dunkel, der Mond war nur als schmale Sichel am Himmel zu sehen. Das Fahrzeug parkte in der Einfahrt zu einem Wiesenweg kurz vor Haselau. Zwei Personen stiegen aus und gingen zielstrebig zu einem der größeren Bauernhöfe. Sie warteten am Anfang des Zuweges. Nirgends war Licht zu sehen. Am Bauernhaus selbst gab es beim Eingang eine kleine Lampe, die ein schwaches gelbliches Licht spendete. Sie schlichen langsam zum Haus, hielten wieder kurz inne. Kein Geräusch, alles war ruhig. Oft hatten die Bauern Hunde. Die durften auf keinen Fall aufmerksam werden. Deshalb gingen die beiden Personen nicht den gepflasterten Weg weiter, sondern einen kleinen Umweg über die angrenzende Wiese. So gelangten sie in Höhe des kleinen einfachen Anbaus auf der Rückseite des Hauses. Sie blieben stehen und horchten angestrengt in Richtung Bauernhaus.

Alles war weiterhin ruhig. Eine Katze huschte bei ihnen vorbei, nahm aber praktisch keine Notiz von den Besuchern, sondern schien einer Maus auf der Spur zu sein. Jetzt kletterte nur die größere Person der beiden Besucher über den Zaun und schlich betont leise über den gepflasterten Weg, der direkt neben dem Bauernhaus nach hinten führte. Kurz vor dem Eingang des Anbaus schaltete ein Bewegungsmelder eine kleine Lampe neben der Tür an. Die dunkle Gestalt blieb regungslos stehen. Alles blieb ruhig. Die Haustür des Anbaus, es war nur eine ganz einfache Stalltür, war wie immer nicht verschlossen. Der Türdrücker ließ sich fast völlig geräuschlos niederdrücken. Der Besucher zog die Tür ganz langsam nach außen auf. Im kleinen Vorraum, war alles dunkel und der Besucher ging leise weiter. Als er die zweite Tür zum Wohn- und Schlafraum öffnete, ging ein Licht etwas oberhalb eines Kleiderschrankes an. Der Eindringling war schwarz gekleidet und hielt ein Messer in der Hand. Es war ein feststehendes Schlachtermesser mit breiter Klinge. Der Besucher sah das Bett leer vor sich und blickte zum Licht und da sah der ungebetene Gast die Kamera. Und jetzt war klar: Es war eine Falle! Der Rückzug ging schnell. Mit großen aber leisen Schritten überquerte die Person den gepflasterten Weg, sprang über den Zaun und beide Besucher liefen unbemerkt zurück zur Straße und zu ihrem Pkw. Die Aktion war gescheitert und sie waren in eine Falle geraten.

*

In Hamburg Altona hatte Karin seit fast 5 Jahren eine schöne 2 ½-Zimmerwohnung im 1. Stock eines größeren Mietshauses. Tobias war seit 4 Jahren mit eingezogen. Sie waren ein harmonisches Paar, aber Karin dachte nicht im Entferntesten an Heirat. Sie war Mitte 30 und wollte das Leben in vollen Zügen genießen. Um 2 Uhr nachts wurde Tobias meistens wach.

Er schlief in der Wohnung diesmal allein, weil Karin bei Heini in ihrem Fitness-Club blieb. Die Blase meldete sich und als er auf dem Weg ins Bad war, sah er die Bilder auf seinem Smartphone. Die Falle hatte zugeschlagen. Und ganz deutlich erkannte er den Mann mit dem Messer: Peter Trautmann! Nach der dringenden Entleerung seiner Blase, übertrug er die Bilder auf den PC im Büro und auf Karins Notebook.

Für den Morgen war mit Karin verabredet, dass sie sich um 10 Uhr gemeinsam mit Heini im Fitnessclub zum Frühstück treffen. Tobias brachte Brötchen und Aufschnitt mit. Karin hatte Kaffee gekocht. Sie hatte eine hautenge Jeans an. Ihre weiße Bluse trug sie locker über die Jeans. Da sie bei der beginnenden Tageswärme und auch sonst nie einen BH trug, schimmerten ihre Brüste bei einem bestimmten Lichteinfall durch. Heini konnte seine Blicke kaum von Karin abwenden. Die Nähe zu Karin gefiel ihm und so konnte er auch besser im Fitnessclub gehalten werden. Beim Frühstück zeigte Tobias die Fotos von der Nacht.

„War das der Mann, der Fritz damals unter Wasser gedrückt hat?" fragte Karin Heini, der nun erschrocken auf das Foto sah und vor allem das große Schlachtermesser wahrnahm.

„Ja, das war der Mann! Und der war in der Nacht bei mir?" Er konnte es kaum fassen und lehnte sich dankbar an Karin an.

„Ja, der hatte keine guten Absichten", bestätigte Tobias, „deshalb solltest du noch einige Tage hier bleiben. Ist das in Ordnung?" –

„Ja, wenn Karin auch hier ist!" antwortete er und ein Lächeln ging über seine Lippen.

Später, als beide im Büro zusammensaßen, kamen die Infos vom Notar zu Dr. Tonn. Tobias nahm das Papier vom Faxgerät und schaute sich alles genau an. Alleineigentümerin war Frau Sonja Gundermann nach Kauf der Immobilie von Hannelore Müller, die Alleinerbin nach Dr. Tonn wurde. Aber nun wurde es interessant! Sonja Gundermann war eine geborene „Müller"! Sie war die leibliche Schwester von Hannelore Müller. Da gab es offenbar ein abgekartetes Spiel und gemeinsame dunkle Pläne. Und der Kaufpreis war weit unter Verkehrswert.

*

Eine Woche später:

Kommissar Torge Vogel hatte alle Akten zusammen und rief Karin an. Sie verabredeten sich für den frühen Nachmittag. Karin zog nun aber eine Jeans und ein schwarzes Oberteil aus Feinstrick an. Im Büro des Kommissars setzten sie sich an einen großen Tisch und gingen alle Akten gründlich durch.

Erster Fall – Storm:

Die Untersuchungen des Verstorbenen ergaben keine Hinweise auf Fremdverschulden. Aber es gab auch keine Hinweise auf einen Herzinfarkt oder Schlaganfall als unmittelbare Ursache für den Sturz in den Bach. Warum fiel er dort hinein und konnte sich nicht selbst helfen? Karin gab nun ihre Dokumentation mit den Aussagen von Heini Möller zur Akte. Damit kam es zu einem ernsthaften Verdacht gegen Trautmann. Das wurde noch verstärkt durch die Aufnahmen mit dem offensichtlichen Mordversuch an Heini Möller.

Zweiter Fall – Morgenroth:

Hier gaben die Akten keine weiteren Erkenntnisse her.

Dritter Fall – Hollermann:

Trautmann wurde wegen Körperverletzung mit Todesfolge verurteilt. Er hatte ja den Hollermann zusammengeschlagen, der dann später aufgrund der Verletzungen starb. Trautmann bekam Bewährung mit einer hohen Geldbuße.

Vierter Fall – Dr. Tonn:

Dr. Tonn war mit 1 Promille Alkohol im Blut in seinem Pool ertrunken. Fremdeinwirkung konnte nicht festgestellt werden. Nach den Zeugenaussagen gab es eine große Gartenparty und es floss reichlich Alkohol. Angeblich ist Dr. Tonn nach Verabschiedung der Gäste allein in den Pool gegangen und dort ertrunken. Die Ehefrau, Hannelore Müller, hatte angeblich nichts bemerkt und ihn erst Stunden später dort gefunden. Und jetzt kamen die neuesten Ergebnisse der Ermittlungen dazu. Sonja Gundermann war die Schwester von der Müller. Der Kaufpreis war weit unter Wert.

Fünfter Fall – Jäger:

Keine Indizien für Fremdverschulden durch Hannelore Müller. Aber Indizien für ein Gewaltverbrechen an Johann Jäger, der weiterhin spurlos verschwunden war.

„Da habt ihr aber gute Arbeit geleistet!" meinte Torge Vogel anerkennend. „Für mich wird es weitere Verhöre geben. Vielleicht kommen wir jetzt weiter." –

„Tobias und ich werden im Fall Tonn noch einiges mehr erfragen. Ich glaube, dass der Nachbar noch mehr weiß, zumindest weitere Hinweise geben kann." –

„Wird Heini Möller Aussagen machen können?" fragte Torge Vogel.

„Wir werden ihn insoweit den Rücken stärken. Ich hoffe, dass er den Mut hat."

Karin stand nun auf und wollte gehen.

„Wollen wir diesmal noch gemeinsam essen gehen?" fragte der Kommissar.

Aber Karin blieb standhaft und schüttelte den Kopf. Sie verabschiedete sich von ihm mit kleiner Umarmung und fuhr nach Hamburg zurück.

*

Radesdorf bei Nacht

In Radesdorf wurden um 1 Uhr nachts die Straßenleuchten ausgeschaltet. Das Dorf schlief, alles war ruhig. Ein schwarzer Mercedes rollte leise durch die Hauptstraße und hielt zwei Häuser vor dem Hof Jäger rechts am Straßenrand. Ein großer Mann in schwarzer Kleidung mit einer Wollmütze stieg betont leise aus. Aus dem Kofferraum nahm er einen 10-Liter-Kanister an sich und schlich sich zum Bauernhaus der Jägers. Nirgends war ein Licht zu sehen. Er ging auf der rechten Seite des Bauernhauses den schmalen Gang, der an das Nebengrundstück grenzte und vom Unkraut hoch zugewuchert war, nach hinten. Er erreichte unbemerkt die angebauten Stallgebäude. Das Holztor stand sogar einen Spalt offen, so dass er hineingehen konnte. Im Stall gab es noch einige Heuballen, alte Gerätschaften, einen Traktor und abgelagertes Bauholz. Er verteilte aus dem Kanister Benzin. Draußen auf der Rückseite des Bauernhauses verteilte er auch Benzin. Durch ein leicht zu öffnendes Fenster stieg er ein und verteilte den Rest mit einer Spur zum Haupteingang, den er nun von innen öffnete. Dann gab es einen Funken von einem Feuerzeug und hinter dem Haus am Stallanbau entzündete er auch eine Benzinspur. Kaum war der Mann wieder auf der Hauptstraße, loderten die ersten sichtbaren Flammen. Er erreichte sein Fahrzeug und fuhr langsam zurück und verließ in dunkler Nacht das Dorf. Eine Stunde später war die Feuerwehr dabei, das Feuer zu bekämpfen. Das Bauernhaus brannte bis auf die Grundmauern nieder. Kurt Valentin und seine Frau konnten sich über ein Dachflächenfenster noch retten.

Allerdings brach sich seine Frau dabei ein Bein. Für die Feuerwehr und die Polizei war der Fall sofort klar: Brandstiftung!

*

Im Fitnessclub erschien am Nachmittag eine junge Frau mit etwas asiatischem Aussehen und erkundigte sich zu den Bedingungen einer Mitgliedschaft oder Kosten bestimmter Kurse. Sie trug ein hellgelbes kurzes Kleid und ihre schwarzen Haare offen. Am Eingangstresen beantwortete eine junge Frau in Sportkleidung alle Fragen. Sie bot auch an, durch die Räumlichkeiten geführt zu werden. Das Angebot nahm die zierliche Frau im gelben Kleid gern an. Als sie zusammen die Trainingsräume betraten und dann in die Umkleideräume hineinsahen, kam Heini Möller von den Toiletten ihnen entgegen und lief eilig in ein Zimmer am Ende eines Flures.

„Ich dachte, dass hier nur Frauen trainieren", bemerkte sie sofort mit piffigem Unterton.

„Ja, das stimmt. Das ist nur ein Gast, der für einige Tage hier eines unserer Gästezimmer bewohnt." –

„Gästezimmer haben Sie hier?" fragte die asiatisch aussehende junge Frau.

„Ja, zwei Gästezimmer haben wir, aber nur für Notfälle oder zur einmaligen Übernachtung, wenn einige Trainingseinheiten sehr spät enden, wie das beim Kickboxen schon mal vorkommt." –

„Ich habe jetzt alles gesehen und nehme noch Prospekte mit. Ich werde mich dann bei Ihnen melden."

Die interessierte junge Frau verließ den Fitnessclub und niemand nahm weiter Notiz davon.

Am späten Nachmittag kam Karin nach Ende ihres Rückenkurses etwas erschöpft zu Heini in das Gästezimmer. Sie wollte eigentlich noch zum Kickboxtraining gehen, aber entschied nun, sofort zu duschen und sich danach etwas um Heini zu kümmern. Heini Möller wurde an diesem Tag unruhig. Er langweilte sich. Auf dem Hof seines Bruders hatte er jeden Tag etwas zu tun. Alles natürlich freiwillig und ganz nach Belieben. Hier saß er nur herum, durfte auch nicht bei den Frauen zuschauen und schlief deswegen tagsüber immer wieder für kurze Zeit. Karin bemerkte diese Unruhe und spürte, dass er nicht mehr lange hier zu halten war. Trautmann scheiterte ja mit seinem Mordversuch. Aber der ließ mit Sicherheit nicht locker. Heini war ein gefährlicher Zeuge. Deshalb drängte Karin den Kommissar Vogel noch einmal telefonisch, die Aussage von Heini Möller am besten noch mit Videoaufnahme festzuhalten.

Um 18 Uhr rief Karin Tobias an.

„Ich bleibe diese Nacht im Fitnessclub. Heini wird unruhig. Wir können ihn hier nicht mehr lange halten und Torge Vogel will ihn in den nächsten Tagen erst anhören." –

„Ja, bleib lieber jetzt bei ihm. Versuch doch schon mal, ihm das Anhörungsprozedere näher zu bringen, damit er nicht erschrocken ist. Ich komme dann morgen früh und wir frühstücken dort alle zusammen." –

„Bring bitte dann mein Müsli mit und mein blaues Kleid, das wir in Frankfurt gekauft haben. Es wird morgen nämlich total heiß."

Eine halbe Stunde später kam Tina dazu. Sie hatte ein hartes Training hinter sich und setzte sich nun dazu.

„Ich dachte, dass du auch heute Nachmittag bei Kona trainieren wolltest." –

„Ich war so erschöpft von dem letzten Kurs, der zudem über die Zeit ging. Und die Hitze dazu – da hatte ich einfach keine Lust mehr." –

Tina blieb nach dem Duschen noch im Club und traf sich mit ihrem Trainer. Sie hatte mit ihm eine heimliche Beziehung begonnen. Erst eine gute Stunde später verabschiedete sich dann von Karin.

Karin hatte nach dem Duschen frische Sportsachen angezogen und stellte fest, dass die Getränke im Kühlschrank zu Neige gegangen waren. Sie nahm ihre Umhängetasche und lief zwei Straßen weiter zu einem Getränkemarkt, der noch spät offen war. Sie kaufte zwei Flaschen Grauburgunder, vier Bierdosen und 3 große Flaschen Mineralwasser.

Auf dem Rückweg rief ihre Mutter an.

„Du meldest dich ja gar nicht mehr. Was ist los?" Es war wieder der nervige Unterton, den Karin überhaupt nicht mochte.

„Ich habe zurzeit im Fitnessclub viel zu tun, habe mit dem Kickboxen angefangen und Tobias hat einen aufwendigen Fall, der uns die letzte Zeit sehr beschäftigte." –

„Ich wollte dich an das Sommerfest erinnern. Verena hat mich gebeten, mit dir darüber zu sprechen." –

„Ja, wir kommen natürlich auch zum Sommerfest. Ich habe es aber jetzt eilig, bin gerade auf der Straße unterwegs. Ich rufe dich morgen dazu an." Karin beendete das Gespräch dann sehr schnell und beeilte sich auf den Weg zurück.

Als sie die Außentür aufschließen wollte, bemerkte sie, dass die Tür gar nicht verschlossen war. Sie war sich sicher, dass sie hinter sich abgeschlossen hatte. Dann bekam sie einen Schreck als ihr der Gedanke kam, Heini könnte abgehauen sein. Sie lief mit schnellen Schritten durch die Räume in Richtung Gästezimmer und da hörte sie ein merkwürdiges Röcheln. Sie bekam einen Schreck und dachte, dass Heini krank geworden sein könnte. Und dann öffnete sie die Tür und sah die Müller in schwarzen Leggins und schwarzem Tshirt-Kleid über Heini knien. Der lag am Boden und zuckte wild mit den Beinen. Hannelore Müller hatte ihn am Boden unter sich und würgte ihn mit beiden Händen.

Karin stellte die Einkaufstasche ab und griff die Müller von hinten in die Haare, die sie zu einem Pferdeschwanz zusammengebunden hatte. Sie riss sie hoch und die Müller musste ihre Hände von Heinis Hals lassen. Karin zerrte die Frau weiter zurück und schlug ihr mit aller Kraft ins Gesicht. Die Frau fiel zurück, stieß aber blitzschnell mit ihren Stiefeln aus der sitzenden Position gegen Karins Bauch. Karin stolperte einige Schritte zurück und hielt sich gekrümmt mit beiden Händen den Bauch. Da sprang die Müller auch schon vom Boden hoch und schlug zu, ehe Karin sich darauf mit Abwehrhaltung vorbereiten konnte. Mit mehreren Schlägen trieb die Müller sie vor sich her. Karin konnte irgendwie die Handgelenke der angreifenden Frau greifen und schob die Müller nun zurück. Im Gerangel befreite sich Hannelore Müller aus Karins Griff und umklammerte nun ihrerseits Karins Handgelenke, schob sie zurück bis an eine Wand und drückte ihre Arme fest gegen die Wand. Karin atmete schwer und bekam Angst. Die Frau hatte einfach ungewöhnlich viel Kraft. Zum Glück kam inzwischen Heini hoch und schrie von hinten „lass Karin in Ruhe!"

Er war kurz davor einzugreifen. Da wusste Hannelore Müller, dass sie jetzt fliehen musste. Gegen beide hätte sie keine Chance. Die Müller floh nun Richtung Ausgang und war im Nu verschwunden. Hcini Möller war total aufgeregt und stand hilflos vor Karin, die erleichtert durchatmete. Sie lief noch etwas gekrümmt zur Eingangstür und schloss rasch ab.

Als sie mit Heini am Tisch saß, endlich den Wein öffnete und sich von dem Kampf erholte, rief sie Tobias an und berichtete ihm alles. Tobias fuhr sofort los und kam wenig später im Fitnessclub an. Er blieb sicherheitshalber ebenfalls über Nacht dort. Immerhin führte die Dramatik dazu, dass Heini entschlossen war, alles dem Kommissar zu berichten.

*

Am nächsten Morgen berieten sich Karin und Tobias beim Frühstück mit Heini, wie sie weiter vorgehen müssten. Jetzt waren zwei Mordversuche gescheitert. Hannelore Müller und ihr Lebensgefährte Trautmann hatten jetzt massive Probleme. Wenn Heini Möller aussagt und auch Karin zum erneuten Mordversuch als Zeugin auftritt, stand es um die beiden Straftäter nicht gut. Tobias sah aber die neue Gefahr und wurde deutlich:

„Die kommen nur aus der Schlinge, wenn die Heini und dich umbringen! Wir müssen vorsichtig sein." –

„Die wissen jetzt wo Heini sich aufhält. Er muss hier weg." Karin überlegte schon, ob er evtl. bei dem Bauer Brüggen vorübergehend leben könnte. Aber Heini begann nun ungeduldig zu werden.

„Ich will nach Hause!" kam es nun immer wieder.

„Wir machen noch heute Video- und Audioaufnahmen von Heinis Aussagen. Die werden wir sicher deponieren, um sie bei Gefahr Kommissar Vogel zukommen zu lassen. Wir sind ja noch nicht mit unseren Ermittlungen am Ende. Vielleicht gibt es im Falle Dr. Tonn noch mehr Hinweise oder Beweise für ein Verbrechen." Tobias wollte jetzt Heinis Aussagen sichern und hoffte, dass sie noch mehr Hinweise finden.

Karin stimmte nickend zu.

„Wir können eine Zusammenstellung und Dokumentation all unserer Ermittlungen bei meiner Mutter deponieren." –

„Gute Idee!" fand Tobias und er holte aus seinem Büro Aufnahmegerät, Videorecorder und auch den Laptop von Karin. Sie wollten noch an diesem Tag alles erledigen. Danach würde Heini sicher nicht mehr zu halten sein. Er sehnte sich nach dem Hof seines Bruders. Das war sein Zuhause, seine Heimat und seine kleine Welt.

*

Einen Tag später in Radesdorf:

Um 9 Uhr morgens sah Anneliese Jäger zuerst den Mini von Hannelore Müller kommen. Kurz darauf kam der Versicherungsvertreter Udo Dengler, der sein Büro im selben Dorf hatte. Frau Jäger beobachtete wie beide nahe der Brandruine standen und diskutierten.

Hin und wieder schüttelte der Versicherungsvertreter den Kopf. Die Brandstiftung war ja offenkundig. Kein einfacher Fall für die Versicherung, aber auch nicht für die Polizei, die keine Hinweise oder Spuren des Täters fand. Udo Dengler notierte sich einige Dinge und fuhr dann mit seinem Opel Astra wieder vom Hof. Hannelore Müller sah auf die Uhr. Sie trug eine Jeans, lange Stiefel dazu und ein schwarzes Oberteil. Frau Jäger stand am Küchenfenster und konnte alles gut sehen. Sie nahm dann das Telefon und rief Benno Baufeld an, um ihn zu berichten, dass „diese Frau" wieder hier sei. Noch war nicht erkennbar, was sie wollte. Benno Baufeld war noch immer wegen der Knieverletzung krankgeschrieben und saß zu Hause. Er versprach, sofort zu kommen.

Inzwischen bog ein großer Pickup, ein Ford, mit großem Viehanhänger auf den Hofplatz ein. Der Viehanhänger konnte mindestens 4 Rinder aufnehmen. Im

Pickup saßen zwei Männer. Beide stiegen dann aus und begrüßten Hannelore Müller mit Handschlag. Der ältere von ihnen war groß und von auffallender Körperfülle. Er trug eine blaue Latzhose über ein rot-gelb-kariertes Hemd. Der zweite Mann war jünger, groß und schlank mit brauner Cordhose und dunkelblauer Arbeitsjacke. Hannelore Müller zeigte deutlich auf einen schmalen Weg, vorbei an den Güllebehälter, der zu den Wiesen führte, wo sich die Rinder befanden. In diesem Moment kam Benno Baufeld mit dem kleinen roten Fiat 500 seiner Frau auf den Hofplatz gefahren und stieg aus. Anneliese Jäger kam nun auch aus dem Haus getreten und bewegte sich zu Benno, begrüßte ihn und beide gingen näher zum Pickup. Die beiden Männer wollten gerade einsteigen und Hannelore Müller stand daneben und sah jetzt misstrauisch zu Benno Baufeld und Anneliese Jäger. Benno Baufeld humpelte unsicher näher heran. Der Hof war an dieser Stelle sehr uneben mit alten Pflastersteinen belegt.

„Hallo!" rief er zu den beiden Männern, die gerade in den Pickup einsteigen wollten.

„Wir verkaufen keine Rinder! Frau Müller hat nicht das Recht, Vieh von diesem Hof zu verkaufen."

Die beiden anderen Männer sahen sich kurz an und waren wenig beeindruckt. Offenbar waren sie von der Müller vorher instruiert. Der ältere dicke Mann antwortete laut und keinen Widerspruch duldend:

„Frau Müller hat uns eine notarielle Generalvollmacht vorgelegt. Das genügt uns. Wir verhandeln nicht mit Ihnen, wer immer Sie auch sind."

Benno Baufeld schwieg zunächst. Die beiden Gestalten waren sichtbar entschlossen, die von der Müller angebotenen Rinder abzuholen. Und dann trat Hannelore Müller weiter vor.

„Hau ab, Benno! Wenn du hier Probleme machen willst, sag es nur deutlich. Dann klären wir beide das wie vor einer Woche." Das war eine klare und laute Drohung.

Hannelore Müller hatte einen längeren Knüppel bei sich. Damit wollte sie helfen, die Rinder auf den Viehwagen zu treiben. Jetzt hob sie den dicken Ast drohend. Benno Baufeld wich zwar nicht zurück, war aber total verunsichert. Anneliese Jäger schrie der Müller entgegen, dass sie das hier nicht mehr darf, sondern Benno vom Gericht eingesetzt wurde. Hannelore Müller beachtete das nicht, sah auch nicht zu Anneliese Jäger, die nun plötzlich wieder in ihr Altenteiler-Haus zurücklief. Die Müller kam nun mit dem Ast näher und stand breitbeinig nur etwa zwei Meter vor Benno, der nun doch lieber einen Schritt zurück wich.

„Ich bin hier zur Kontrolle eingesetzt und lasse den Verkauf nicht zu!" rief er laut und sah dabei die beiden Käufer an.

Die lehnten sich aber an den Viehanhänger, hielten die Arme verschränkt vor sich und warteten amüsiert ab. Hannelore Müller hob zum Schlag an. Benno wich erschrocken einen weiteren Schritt zurück, knickte aber auf dem unebenen Untergrund um und fiel rückwärts auf den Boden. Die beiden Viehhändler lachten dabei laut los. Hannelore Müller trat ganz nah an Benno heran:

„Verschwinde jetzt und halt das Maul!"

Benno schwieg und stand langsam wieder auf. Das verletzte Knie machte ihm immer noch zu schaffen. Die beiden Viehhändler lachten laut, schüttelten den Kopf und gaben sich ein Zeichen, jetzt mit dem Gespann den Weg zu den Rindern zu fahren. Sie stiegen in den Pickup ein und Hannelore Müller wendete sich auch von Benno ab, der ratlos stehen blieb und der Müller hinterher sah.

Da gab es plötzlich einen lauten Knall! Ein Schuss! Benno Baufeld sah sich erschrocken um. Wo kam der Knall her? Und dann sah er wie Hannelore Müller langsam zu Boden ging. Jetzt sah Benno Anneliese Jäger mit dem Jagdgewehr ihres verstorbenen Mannes. Sie konnte damit umgehen. Sie ertrug die Lage nicht mehr. Sie war alt und mochte man sie jetzt auch zur Verantwortung ziehen, aber „diese Frau" sollte den Hof nicht bekommen! Der Viehtransporter hielt an. Die Männer stiegen aus und liefen zu der am Boden liegenden Müller. Sie war tot. Der Schuss saß präzise. Der jüngere Mann nahm sein Smartphone und rief die Polizei.

*

Am frühen Nachmittag desselben Tages saßen Karin und Tobias im Büro in der Dorotheenstraße und hatten die Aufnahmen der Aussagen von Heini auf Video und gleichzeitig auch schriftlich protokolliert. Heini hatte all das auch unterschrieben und war von Karin zurück zum Hof seines Bruders gefahren worden. Er war nicht mehr zu halten.

Karin saß in ihrem kurzen blauen Kleid hinter dem Schreibtisch und stellte nun eine umfangreiche Mappe zusammen. Alles wurde in eine alte Aktentasche gelegt und auf dem Deckblatt waren in großer Schrift Telefon-Nummer und Anschrift von Kommissar Torge Vogel in Pinneberg angegeben. Obwohl es sehr heiß war, wollten beide an diesem Tag noch im Falle Dr. Tonn weiter ermitteln und den alten Nachbarn von gegenüber aufsuchen. Auf dem Weg dorthin wollte Karin die Aktentasche mit den Unterlagen bei ihrer Mutter kurz abgeben und ihr sagen, wann sie aktiv werden müsste.

Um 15 Uhr fuhren sie mit Tobias alten Ford Mondeo los. Durch den dichten Berufsverkehr kamen sie erst nach einer halben Stunde bei Karins Mutter an. Karin nahm die Aktentasche und lief die

Treppen in den 2. Stock des Hauses und klingelte bei ihrer Mutter an der Tür. Es dauerte ungewöhnlich lange bis Karin die Schritte ihrer Mutter hörte. Als sie die Tür öffnete, stand ihre Mutter in einem kurzen Morgenmantel vor ihr. Den hatte sie bei ihrem gemeinsamen Urlaub in Südfrankreich gekauft. Weißer Seidenstoff mit aufgestickten Blumenmustern und eine breite Seidenschleife vorn. Karin staunte:

„Habe ich dich geweckt? Du machst doch sonst nie einen Mittagsschlaf. Ich habe hier eine Tasche, die ich bei dir deponieren will." –

„Das passt mir jetzt überhaupt nicht!" kam es etwas genervt von ihrer Mutter.

„Es dauert nicht lange. Ich zeige dir nur ganz kurz eine wichtige Adresse in den Unterlagen. Das ist zu meiner Sicherheit. Ich bin dann sofort wieder weg." Karin wunderte sich über ihre Mutter. Normalerweise würde sie um diese Tageszeit beim Kaffee sitzen und hätte sich über jeden auch unangemeldeten Plausch gefreut. Karin trat einfach ein, an ihr vorbei und lief eilig ins Wohnzimmer. Sie öffnete die Aktentasche und holte die Mappe heraus. Da hörte sie, dass jemand unter der Dusche stand. Das Rauschen des Wassers hörte gerade auf und der Duschkopf wurde geräuschvoll auf die Gabel gesetzt. Hatte sie einen neuen Mann fürs Leben? Das gab es schon dreimal und endete immer mit großer Enttäuschung. Aber ihre Mutter war eben für alle Arten von Schmeichelei anfällig. Karin grinste, sagte aber nichts, da sie es auch eilig hatte und Tobias im Auto wartete. Da trat ein Mann ins Zimmer. Nackt wie Gott ihn schuf und blieb wie erstarrt stehen. Karin sah sich um und ihr Mund blieb offen. Da stand der junge Rechtsanwalt von oben. Karins Blick haftete etwas zu lange an die gerade vom Schreck dieser Begegnung abschwellende Männlichkeit.

„Ja, was denkst du!" kam es von der Mutter mit dem Unterton einer gewissen

Entrüstung. „Mit Mitte 50 ist man noch nicht jenseits von Gut und Böse! Und Roland braucht jetzt einige sexuelle Erfahrungen."

Karin nickte nur, drehte sich wieder zu ihrer Mappe um und zeigte auf die Adresse des Kommissars:

„Wenn ich in Gefahr komme oder dich dazu anrufe, nimmst du sofort Kontakt zu Torge Vogel auf!" Sie sprach sehr schnell, um die Situation baldmöglichst verlassen zu können.

„Das ist doch dein früherer Partner!" rief die Mutter erstaunt. „Ja, mit dem hättest du es besser als mit diesem Detektiv!" –

„Hast du noch ein Handtuch für unten?" kam es plötzlich von Roland, dem jungen Rechtsanwalt, der immer noch nackt im Türrahmen zum Wohnzimmer stand.

Karin sah sich wieder um und schenkte dem jungen Mann nur einen kurzen Blick. Sie lief dann aus dem Wohnzimmer und mit knapper Verabschiedung aus der

Wohnung. Im Auto erzählte sie kopfschüttelnd von ihrer Begegnung, begann aber dabei laut zu lachen.

Nach knapp einer Stunde erreichten sie Sülfeld und parkten den Wagen kurz vor dem Wohnhaus der Familie Gundermann.

„Besser, wenn ich wieder allein zu dem alten Griesgram gehe", meinte Karin, „der hat schon etwas Vertrauen zu mir. Ich glaube, dass der noch mehr weiß." –

„Gut", erwiderte Tobias, „ich warte hier im Wagen."

Karin ging durch die nach Öl schreiende Gartenpforte und klingelte an der Haustür. Der alte Mann öffnete und sein Gesicht bekam sofort einen freundlichen Ausdruck. Er ließ Karin sofort ins Haus. Im Hausflur roch es sehr intensiv nach Tabakrauch und Muff. Er führte sie durch das Wohnzimmer, das mit nur wenigen und uralten einfachen Möbeln ausgestattet war zur Terrasse hinter dem

Haus. Karin setzte sich in einen der alten Gartenstühle, deren Metallgestell überall rostig war. Zum Glück lag ein Kissen auf den Stuhl.

Der Griesgram setzte sich ihr gegenüber und nahm vom Tisch – eine Art Campingtisch – eine Schachtel mit Zigaretten, zog eine davon heraus und steckte sie sich an. Er bot nur mit einer Geste Karin ebenfalls eine Zigarette an. Sie lehnte freundlich ab.

„Ich habe noch ein paar Fragen", begann Karin das Gespräch.

„Frau Gundermann ist ja die Schwester der Hannelore Müller. Das haben wir jetzt erst herausgefunden. Haben die beiden evtl. gemeinsam den Tonn ertränkt?" –

„Ja, ich weiß", antwortete der alte Mann und begann röchelnd zu husten, „und ich weiß auch, dass beide Frauen den Tonn ertränkt haben."

Karin sah ihn überrascht an.

„Woher wissen Sie das? Das haben Sie mir das letzte Mal nicht gesagt." fragte sie sogleich und bemerkte, dass er wieder ihre Beine betrachtete.

„Im Nachbarort, ein kleiner Ortsteil von Borstel, direkt an der Bundesstraße, wohnt ein junger Mann. Der ist früher von Dr. Tonn auch nackt oder halbnackt fotografiert worden. Der Junge wusste aber schon – er war wohl schon 13 oder 14 -, dass das nicht in Ordnung war. Er hat dann den Tonn gehasst und ihn später wie ein Spanner beobachtet. Er wollte ihn überführen und dabei hat er auch den Mord gesehen." –

„Und er hat keine Anzeige erstattet?" –

„Er kam zu mir rüber, nicht das erste Mal und ich sagte ihm nur: Das hat das Schwein verdient. Lass' es so laufen. Mehr Strafe ging ja nicht."

Der alte Mann griff nun hinter eine Apfelkiste und holte zwei Flaschen Flensburger Bier hervor. Er stellte sie auf den klapprigen Tisch und bot Karin eine Flasche an. Sie nahm die Flasche, ploppte sie geräuschvoll und trank daraus.

„Wo finde ich denn diesen jungen Mann? Wie heißt der?" Karin staunte, dass es einen Zeugen gab.

„Ich will den nicht verraten. Ich werde ihn anrufen und fragen, ob er aussagen will. Aber ich kann schon mal behaupten, dass der nicht gelogen hat. Er hatte genau gesehen, wie beide Frauen den Tonn solange unter Wasser drückten bis der keinen Widerstand mehr leistete. Das war natürlich alles geplant. Den beiden ging es nur um das Haus. Mir ging es um die Schweinereien, die ich gesehen hatte." –

„Ich lasse noch einmal meine Visitenkarte zurück", erwiderte Karin, „und würde mich sehr freuen, wenn Sie mir bald eine Nachricht zukommen lassen könnten. Es geht nämlich um mehr. Die Frau von Tonn ist so etwas wie eine schwarze Witwe und hat mehrere Männer auf dem Gewissen."

Karin nahm den letzten Schluck aus der Flasche und verabschiedete sich. Der alte Mann begleitete sie noch bis zur Gartenpforte und winkte ihr freundlich nach.

Im Auto erzählte sie Tobias alles. Tobias hörte aufmerksam zu.

„Inzwischen kam ein Anruf aus Radesdorf. Anneliese Jäger hat heute die Müller mit dem Jagdgewehr erschossen. Unser Auftrag ist wohl damit erledigt." Tobias Alff startete seinen alten Ford.

„Nein!" erwiderte Karin sofort. „Wir bringen noch die Gundermann und den Trautmann hinter Gittern. Wir haben jetzt weitere Beweise." –

„Klar, wir werden alles Torge Vogel präsentieren, damit er die alten Fälle noch einmal aufrollen kann. Wir fahren aber jetzt direkt nach Radesdorf." –

*

Torge Vogel war schnell am Tatort in
Radesdorf. Der Dorfpolizist Thomas
Timmermann hatte ihn gerufen und
schon alles dort gesichert. Die beiden
Viehhändler warteten, ebenso Benno
Baufeld und natürlich Anneliese Jäger,
die irgendwie erleichtert wirkte, als wäre
eine große Last von ihr gewichen. Der
Fall war klar: Anneliese Jäger gab
unumwunden zu, geschossen zu haben.
Die beiden Viehhändler berichteten von
dem Streit mit Benno vor dem Schuss
und wurden vom Kommissar nicht weiter
als Zeugen benötigt. Die Leiche wurde
abgeholt und Anneliese Jäger musste
zum Verhör mit nach Pinneberg.

Nachdem Torge Vogel mit seinen Leuten
Radesdorf gerade verlassen hatte, trafen
Karin und Tobias ein. Auf dem Hofplatz
standen noch Benno und Maria. Kurt
Valentin und seine Frau kamen auch
dazu und Timmermann hörte sich noch
einige „Geschichten" an. Tobias und

Karin begrüßten alle und hörten sich noch einmal von Benno den Vorgang an.

„Sie wollte Rinder verkaufen. Da stellte ich mich in den Weg, aber die Müller drohte mir mit einem langen Ast, der da vorn noch am Boden liegt und ließ mich einfach stehen. Und da fiel der Schuss." Benno war noch richtig aufgeregt. Er hätte das nie von seiner Schwiegermutter gedacht.

„Was geschieht jetzt mit meiner Mutter?" fragte Maria den Detektiv, obwohl sie schon Antworten von Timmermann erhalten hatte.

„Klar, sie hat vorsätzlich geschossen und wollte die Müller auch wirklich töten. Das ist Mord! Sie wird deswegen vor Gericht gestellt."

Karin kümmerte sich ein wenig um Maria, die das alles immer noch nicht fassen konnte. Kurt Valentin zeigte noch einmal auf die Brandruine:

„Das alles hat die Hexe mit Sicherheit auch zu verantworten. Ich bin im Grunde froh, dass sie erschossen wurde."

Karin und Tobias verabschiedeten sich nach wenigen Minuten und fuhren in das Büro in der Dorotheenstraße zurück. Karin wollte unbedingt jetzt alles für den Kommissar vorbereiten. Sie setzte sich sofort an den PC und ordnete die Erkenntnisse und Beweise neu. Dadurch wurde es spät und beide verbrachten deshalb die Nacht im Büro.

*

Zwei Tage später:

Auf dem Anrufbeantworter erkannte Karin sofort die Stimme von dem alten Griesgram. Es war später Vormittag und sie hatte die zwei Kurse an diesem Tag abgesagt, um im Büro auch die Buchhaltung zu aktualisieren, die Rechnung für Anneliese Jäger zu schreiben und einige Briefe zu beantworten.

„Hallo Frau Sommer! Sind Sie das? Also, der junge Mann will aussagen. Manfred Hannemann heißt der und wohnt in Borstel an der Bundesstraße direkt auf der Ecke, wo es nach Sülfeld geht."

Das war die Sprachnachricht auf dem Anrufbeantworter im Büro.

Karin war begeistert. Jetzt konnten sie auch die Gundermann überführen. Und Trautmann würde sich auch nicht mehr herausreden können.

In der kommenden Nacht machte Trautmann seinen entscheidenden Fehler.

*

Um 18.10 Uhr verließen scheinbar die letzten Teilnehmer und auch das Personal den Fitnessclub. Trautmann parkte mit seinem Benz auf der anderen Straßenseite und hatte den Eingang gut im Blick. Er ging davon aus, dass Heini Möller sich dort noch immer aufhält. Hannelore Müller war ja bei ihrem

Versuch, diesen Zeugen zu ermorden gescheitert. Aber gerade Heini Möller war für Trautmann der gefährlichste Zeuge. Er wartete noch über eine Stunde. Nach 19 Uhr wurde es sehr ruhig vor dem Fitnessclub. Nur wenige Passanten kamen vorbei, meist eilig, um nach Hause zu kommen. Trautmann stieg nun aus. Er hatte eine schwarze Jeans und ein schwarzes Sweatshirt an. Am Gürtel seiner Hose steckte ein Messer mit feststehender Klinge. Er betrat den schmalen Gang zwischen dem Gebäude mit dem Fitnessclub und einem alten Wohnblock. Der Gang führte zur Rückseite des Fitnessclubs. Schon die ersten Fenster gehörten erkennbar zu Dusch- und WC-Räumen. Er schaute sich die Rahmen an und stellte fest, dass die Fenster leicht mit einfachem Werkzeug zu öffnen wären. Dafür hatte er in der Hosentasche einen stabilen Schraubenzieher stecken.

Das zweite Fenster sprang sofort auf und konnte nach innen gedrückt werden.

Trautmann stieg leise ein und wartete, ob das knackende Geräusch irgendwie Alarm oder Aufmerksamkeit ausgelöst hatte. Alles blieb ruhig. Trautmann schlich durch die Nassräume und erreichte einen langen Flur. Hannelore Müller hatte ihm beschrieben, in welchen Raum sich Heini Möller aufgehalten hatte. Das war die zweite Tür rechts. Ehe er aber dort die Tür öffnete, kam ihm eine junge Frau nur im Slip und oben ohne entgegen. Beide standen sich plötzlich gegenüber und hatten eine Schrecksekunde zu verdauen.

Trautmann zog das Messer:

„Kein Mucks!" zischte er leise und hielt das gefährliche Messer dem Mädchen entgegen. Es war Tina, die sich hier mit Kona noch der Liebe wegen aufhielt und gerade die Dusche aufsuchen wollte.

„Wo ist Heini?" fragte Trautmann fordernd, aber auch nervös. Denn er hatte nicht damit gerechnet, hier noch jemanden anzutreffen. Im Nu durchdachte er die Lage. Er musste jetzt beide umbringen. Er konnte kein anderes Risiko eingehen.

Tina war total erschrocken, fast starr vor Angst. Sie wich langsam zurück, um mehr Abstand herzustellen. Dann preschte Trautmann blitzschnell vor und griff sie. Tina wehrte sich aber energisch, so dass Trautmann fluchte und eine Weile brauchte, um sie von hinten zu umklammern. Tina schrie nun panisch, weil das Schlachtermesser an ihrem Hals saß. Und da kam Kona, der Kickbox-Trainer um die Ecke. Er hatte nur eine weite grüne Turnhose an.

Trautmann hatte nun ein echtes Problem. Er müsste diese beiden und Heini umbringen. Aber ihm war in dem Moment nicht klar, wer Kona war und dass auch dieses Mädchen sich zu wehren wusste. Da bekam Trautmann von Tina einen Ellenbogen-Check, einen harten Stoß in die Seite unterhalb seiner

Rippen. Er zuckte und drehte sich nach hinten etwas zur Seite weg. Tina wollte sich jetzt aus seinem Griff befreien. Aber das Messer schnitt in ihrer Schulter tief ein. Nur mit Glück und wegen ihres Stoßes hielt Trautmann das Messer nicht mehr direkt an Tinas Hals, sondern rutschte damit etwas nach unten ab. Tina schrie vor Schmerz und sank aus seinem Griff zu Boden. Aus der Wunde quoll Blut.

Und da griff Kona gekonnt das rechte Handgelenk von Trautmann und drehte seinen Arm nach hinten um. Trautmann schrie kurz auf, ließ dabei das Messer fallen und versuchte, sich loszureißen. Kona ließ ihn sogar los, aber um nun blitzschnell einen harten Faustschlag zu landen. Trautmann taumelte davon zurück und Kona schlug noch zweimal gut zu. Da war Trautmann geschlagen. Er sank zu Boden und war sogar kurz bewusstlos. Kona nahm das Messer vom Boden auf und holte in großer Eile sein Smartphone. Er rief zuerst einen

Rettungswagen, danach die Polizei. Trautmann behielt er dabei im Blick, der am Boden saß, langsam das Bewusstsein wieder erlangte und nun wusste, dass sein Spiel aus war.

Tina wurde ins Krankenhaus verbracht und die Wunde konnte genäht werden. Trautmann bekam Handschellen an und zwei Polizeibeamte führten ihn ab. Zwei Mordversuche waren jetzt auf seinem Konto.

*

Der Ausgang der Sache:

Trautmann wurde wegen Mord, zwei Mordversuche und Beihilfe zu den Verbrechen von Hannelore Müller zu lebenslanger Haftstrafe verurteilt.

Anneliese Jäger wurde auch zu lebenslanger Haft verurteilt. Sie beschönigte im Gerichtsverfahren nichts. Sie bereute ihre Tat nicht, im Gegenteil. Sie erlitt aber wegen der ganzen Aufregung, die so ein Strafverfahren mit sich bringt, einen Schlaganfall und war damit nicht mehr haftfähig. Sie wurde ein leichter Pflegefall. Ihre Tochter Maria kümmerte sich nun viel um ihre Mutter.

Frau Gundermann, die Schwester von Hannelore Müller wurde wegen gemeinschaftlichen Mordes an Dr. Tonn ebenfalls zu lebenslanger Haft verurteilt.

Johann Jäger wurde nie gefunden. Nachdem er fünf Jahre später für Tod erklärt wurde, ging der Hof erbrechtlich an Anneliese Jäger und ihre Tochter

Maria. Der Hof blieb damit in Familienbesitz. Benno Baufeld kümmerte sich nun um den Betrieb und baute auch das alte Bauernhaus wieder auf.

Für Tobias Alff und seine Partnerin war das ein Fall, der noch lange Thema ihrer Gespräche blieb.